Geest-Verlag
Verlag für engagierte Literatur

Eishände

Eine Lebensgeschichte

von

Inge Schmidt

Eishände
Eine Lebensgeschichte von
Inge Schmidt

ISBN 978-3-86685-626-4

Geest-Verlag, 2017
Lange Straße 41 a, 49377 Vechta-Langförden
Tel. 04447/856580
Geest-Verlag@t-online.de
www.Geest-Verlag.de

Druck: Geest-Verlag

Printed in Germany

Das Schloss in Jasenitz

1941. Es herrschte Krieg. Deutsche Truppen begannen mit der Beschießung der Stadt Leningrad in der Sowjetunion. Der Judenstern musste ab September deutlich sichtbar von jüdischen Mitbürgern getragen werden. In den Schulen wurde die Frakturschrift zugunsten der Antiqua-Schrift abgeschafft. Und die meisten Menschen im Deutschen Reich glaubten bei Weitem nicht mehr an den von Hitler propagierten Endsieg.

Mitten hinein in diese Wirren des Zeitgeschehens wurde ich am 3. September 1941 als 9. Kind der Eheleute Luzie und Hermann Wilke in Jasenitz in Pommern im heutigen Polen geboren. Neun Kinder, damals nichts Ungewöhnliches. Meine Mutter war allerdings zum Zeitpunkt meiner Geburt bereits 39 Jahre alt.

Während meiner Geburt wurde die Stadt durch Luftangriffe schwer bombardiert. Mein Vater arbeitete als Aufsicht in einem Hydrierwerk in Pölitz, und da auch die Hebamme nicht erreichbar war, blieb mein damals 16-jähriger ältester Bruder bei meiner Mutter, um ihr beizustehen.

Meinen Namen bekam ich von meiner damals 3-jährigen Schwester Hannelore. Sie hatte schon vor meiner Geburt den Leuten gesagt, dass wir eines

Tages eine Inge haben würden. Keiner wusste, woher sie diesen Namen kannte. So wurde ich am 7. Juni 1942 auf den Namen Inge getauft. Meine älteste Schwester Luise, die von allen Liesbeth genannt wurde und damals schon 20 Jahre alt war, wurde meine Patentante. Der Sohn von Vaters Schwester Anna, mein Cousin Erwin Stüwe, war mein Patenonkel.

Wir lebten zu jener Zeit mit insgesamt 14 Familien zusammen in einem Schloss mit über 40 Zimmern, dicken Mauern und einem großen Kellergewölbe. Während der Bombenangriffe suchten die Schlossbewohner und auch die Menschen aus dem Ort Schutz im Keller. Oft wurden auch Verwundete in den Keller gebracht und so gut es ging von Rote-Kreuz-Schwestern versorgt. Aber einigen Verletzten konnte man nicht mehr helfen. Sie starben und wurden gleich wieder nach draußen gebracht.

Nie werde ich eine solche Situation vergessen. Ein heftiger Bombenangriff. In einer Kellerecke saßen ein paar Frauen und beteten vor lauter Angst. Die Tür flog auf und ein Soldat stand in der Tür und schrie: „Das ist der schwerste Angriff seit Tagen!"

Wir mussten oft Schutz im Keller suchen, denn die Stadt Stettin war nur etwa 30 Kilometer von unserem Wohnort entfernt und war häufig Ziel von Bombenangriffen. Meistens gingen wir abends komplett angezogen ins Bett, denn wenn nachts die Sirenen heulten und wieder einmal Fliegeralarm war, mussten wir so schnell wie möglich runter in den Keller. Zum Anziehen blieb da keine Zeit. Die ältesten Geschwister halfen den Kleinen. Meine Schwester Luise nahm mich auf den Arm, um mit mir schnell in den Keller zu gelangen. Einmal geriet sie dabei ins Stolpern und fiel mit mir der Länge nach hin.

Zum Glück befanden wir uns nicht gerade auf der Treppe, sodass wir uns nicht ernsthaft verletzten. Meine Schwester raffte sich und mich schnell wieder auf und gerade noch rechtzeitig, bevor die ersten Bomben fielen, kamen wir in den Keller. Meine Mutter kümmerte sich um meine Geschwister und versuchte, sie zu beruhigen. Noch immer bekomme ich eine Gänsehaut, wenn, wie das bis heute zu Übungszwecken auch hier in den Dörfern und Gemeinden üblich ist, eine Sirene ertönt.

Das Schloss, in dem wir lebten, war aus dem 12. Jahrhundert und einst von Augustiner-Mönchen erbaut worden. Heute befindet sich dort nur noch eine Schlossruine, die man besichtigen kann. Zudem gibt es eine Gedenktafel in polnischer und deutscher Sprache, die an der Kirchenmauer in Jasenitz angeschlagen ist.

Neben dem Schloss standen das Pastorenhaus und die evangelische Kirche. Meine Eltern wurden 1920 in dieser Kirche getraut und wir Kinder wurden dort alle getauft. Meine älteren Geschwister wurden in dieser Kirche konfirmiert und meine Schwester Luise mit Ernst Wollmuth 1941 sogar getraut. Die Kirche ist heute auch für die katholische Bevölkerung zugänglich.

Auf den Spuren der Vergangenheit

Zum ersten Mal nach meiner Kindheit besuchte ich die Kirche und die Schlossruine im September 2010 während einer Busreise. Mein Bruder Herbert, seine Frau sowie mein Mann Heinz, der auch aus Jasenitz stammt, und ich fuhren mit einem Taxi von Stettin die circa 30 km bis nach Jasenitz (heute Police, früher Pölitz, Jasenitz wurde eingemeindet).

Das erste Mal stand ich nun als Erwachsene vor dieser Kirche, die Tür stand offen, doch leider war ein Gitter am Eingang, sodass ich nur in den Kirchenraum hineinschauen konnte. Ein Betreten war nicht möglich. Auf dem Altar standen Blumen und Kerzen und an den Wänden hingen Ikonen.

Wie ich dort stand und schaute, durchströmte meinen Körper ein unbeschreibliches Gefühl. Ich war sehr ergriffen. Meine Gedanken weilten sofort bei meinen Eltern: ‚Wie oft sie wohl diesen Weg gegangen sind, den ich ging? Ob sie mich wohl sehen und sich freuen, dass ich es geschafft habe, was ihnen nicht mehr vergönnt war?‘ Eine Wiederbegegnung mit den Orten der eigenen Geschichte. Mein Vater verstarb bereits 1974 und meine Mutter 1990.

Die heutige Kirche von Jasenitz

Leider blieb mir nicht die Zeit, um mich noch weiter an diesem Ort umzuschauen, vielleicht sogar in die Kirche zu gelangen. Unser Taxifahrer wollte zurück nach Stettin und unser Busfahrer wartete dort schon auf uns.

Ein paar Jahre später haben meine Kinder, mein Mann und ich Jasenitz noch einmal besucht. Auch diesmal führte mich mein erster Gang zur Kirche. Erneut stand ich an der Eingangspforte, doch diesmal war die Tür offen und ein Pfarrer stand am Altar und hielt allein eine Andacht. Ich schaute mich weiter um und wartete, bis der Pfarrer zur Tür kam. Mein Mann fragte den Pfarrer: „Sprechen Sie Deutsch?“ Er antwortete: „Ja, ein bisschen!“ Mein Mann erzählte ihm, dass wir in dieser Kirche getauft worden waren. Über dieses Rückbesinnen auf die eigene Taufe war der Pfarrer sehr erstaunt und wohl auch erfreut. So durften wir für ein paar Minuten die Kirche betreten und haben sie für ein stilles dankbares Gebet genutzt.

Ich wäre gerne noch zum Friedhof gegangen, um das Grab meiner Großeltern zu besuchen. Doch leider konnte ich den Friedhof nicht mehr finden, denn durch die Kriegswirren hatte sich alles geändert. Vieles war zerstört, vieles neu aufgebaut worden. Doch wir fanden das Elternhaus meines Mannes. Er war sichtlich gerührt. Der Zaun um das Grundstück zeigte sich noch genauso windschief wie in seiner Kindheit – und in Gedanken sah er seine Eltern noch vor dem Haus stehen. Wir erkannten auch einige andere alte Häuser, die mein Vater als Maurer damals gebaut hatte. Manche Häuser waren gut renoviert, andere dagegen dem Verfall preisgegeben.

Unser damaliger Aufenthalt führte uns auch zum Schloss. In dessen Erdgeschoss war in unserer Kindheit ein Kindergarten untergebracht. Meine älteren Brüder und Schwestern haben den Kindergarten besucht. Geleitet wurde er von einer Ordensschwester. Die Kinder nannten sie Schwester Ellen. Sie hatte, ich erinnere mich noch genau, eine sehr rundliche Figur und meine Geschwister, besonders Hans und Horst, mochten Schwester Ellen nicht. Als Hans seinen Bruder Horst nach Schwester Ellen fragte, antwortete ihm dieser: „Die hat hier vorne so einen Berg und da einen Berg, da kann man ja drauf rodeln!“ Er machte dabei eindeutige Handbewegungen, sodass man genau erkennen konnte, was er damit meinte.

Über Schwester Ellen haben meine Eltern viele Anekdoten erzählt, so zum Beispiel davon, dass sie im Winter den Kindern und Erwachsenen den Rodelspaß am Schlossberg nicht gönnte und nachts extra Asche auf die Bahn streute.

In Jasenitz gab es zu meinen Kinderzeiten auch eine Mühle, in der das Korn gelagert und zu Mehl und zu Gries verarbeitet wurde. Die Bauern brachten das Korn mit ihren Booten auf dem Ahlbach direkt zur Mühle. Dort wurde es mit einem Flaschenzug gelöscht. Während eines Bombenangriffs wurde die Mühle jedoch völlig zerstört. Sie brannte viele Wochen und aus den Fenstern rieselte das Korn, sodass es aussah, als wenn die Mühle weinte. Wochenlang stieg Rauch aus der Ruine, noch bis zu dem Tag, an dem wir Jasenitz verlassen mussten. Heute steht eine Miniatur der Mühle an der Schlossruine und eine Gedenktafel in polnischer Sprache erinnert an die damalige Zeit.

Bereits als Säugling litt ich unter Ekzemen und war deshalb häufig krank. Vermutlich hatte sich meine Mutter wegen des Kriegs in der Schwangerschaft nicht richtig und hinreichend ernähren können. So habe ich schon früh Bekanntschaft mit dem Krankenhaus in Stettin machen müssen. Weil der Kinderarzt der Meinung war, dass Haferschleim helfen würde, sollte meine Mutter mir nur noch Haferschleim zu essen geben.

Da ich das einzige Kind in der Familie mit Neurodermitis war und man damals darüber noch nicht so viel wusste wie heute, wurde ich oft untersucht. Manchmal musste ich mich vor Studenten der Medizin nackend hinstellen, damit sie meinen Körper studieren und begutachten konnten. Da ich schon älter war, waren mir diese Untersuchungen sehr peinlich und ich schämte mich.

So vergingen die Jahre mit Bombenangriffen und den Versuchen, im Keller des Schlosses Schutz zu finden. Bis zu dem Tag, der unser Leben völlig verändern sollte.

Flucht

Ein schöner Tag im März 1945. Die Sonne schien, der Himmel war blau, ein leiser Hauch von Frühling lag bereits in der Luft. An diesem Tag, der eigentlich auf Zukunft hindeutete, mussten wir unsere Heimat für immer verlassen. Die Rote Armee stand schon am anderen Ufer der Oder. Der Ortsvorsteher von Jasenitz ordnete an, dass alle Frauen und Kinder bis zu einem bestimmten Alter sowie die alten Leute sich zu einer angegebenen Zeit am Bahnhof einzufinden hätten, um mit der Bahn vor der anrückenden Roten Armee forttransportiert zu werden. Die Bahnstrecke führte damals von Ziegenort über Jasenitz bis Stettin. Ziegenort lag direkt an der Ostsee.

Es war der 11. März 1945, ein Sonntag, an dem meine Mutter mit ihren fünf jüngsten Kindern in einen Zug stieg, der Richtung Westen fahren sollte. Jeder durfte nur so viele Lebensmittel mitnehmen, wie er tragen konnte.

Da mein Vater, wie bereits gesagt, als Aufsicht in einem Hydrier-Werk in Pölitz arbeitete, durfte er uns nicht begleiten. Er hatte schon als junger Soldat den Ersten Weltkrieg miterleben müssen. Ahnte er, welche Schrecken uns allen bevorstanden? Auch meine erwachsenen Geschwister, Luise, Marga und Elli, mussten wir zurücklassen.

Meine ältere Schwester Luise hatte einen Lungensteckschuss durch einen Granatsplitter, den sie sich während eines Bombenangriffs im September 1943 eingefangen hatte, zwar überlebt, war aber nicht reisefähig. Ihr Mann Ernst kämpfte als Soldat in Russland.

Meine Schwester Marga war bereits verheiratet und lebte mit ihrem Mann Alfred Gottwald und ihrer Tochter Edda, die am 28.9.1943 geboren war, außerhalb unseres Hauses. Auch Alfred kämpfte als Soldat in Russland.

Beide Ehemänner meiner Schwestern sind später in französischer Gefangenschaft an Hungertyphus gestorben.

Meine 18-jährige Schwester Elli, die bei der Poststelle arbeitete, ließ man wegen ihrer kriegswichtigen Funktion nicht mit uns gehen.

Mein älterer Bruder Hermann musste bereits mit 17 Jahren als Soldat in den Krieg ziehen und wird bis heute in Stalingrad vermisst. Ich habe ihn nie bewusst kennengelernt.

Mein Vater und meine Geschwister durften uns noch bis zum Bahnhof begleiten und zusehen, wie wir in den überfüllten Zug einsteigen mussten.

Niemand kann ermessen, wie schwer es war, sich von seinem Vater und den Geschwistern zu trennen. Mit Tränen in den Augen und einem Herzen voller Hoffnung auf ein baldiges Wiedersehen ließen wir sie zurück.

Zugfahrt

Wir waren nun Vertriebene. Mit uns befanden sich noch viele andere Leute aus unserem Ort im Zug. Während der tagelangen Fahrt wurden Kinder im Zug geboren und alte Menschen starben, da sie die Strapazen nicht aushielten und es keine Hilfe gab. Nachts war es extrem kalt, doch der Zug konnte weitgehend nur im Dunkeln fahren, da er tagsüber von Flugzeugen angegriffen wurde. Manchmal musste der Zug auch ein Stück zurückfahren, weil die Gleise zerstört waren. So dauerte die Fahrt länger und länger.

Wir Geschwister, Alfred, Horst, Hans, Hannelore und ich, kauerten uns um unsere Mutter – Angst hatten wir nicht, denn sie war ja da.

Nachts schliefen wir im Gepäcknetz oder unter den Sitzen. Meine Mutter hatte mich zumeist auf ihrem Schoß, da fühlte ich mich geborgen. Ich war ja noch nicht einmal vier Jahre alt.

In unserem Abteil waren noch Cousinen von Mama mit ihren Kindern. Wir Kinder nannten sie Tante Anna und Tante Frieda. Tante Frieda hatte ihre kleine Tochter Heidelore dabei, die noch im Säuglingsalter war. Es gab jedoch keine Milch im Zug und aus lauter Not gab man dem Mädchen von dem Wasser, mit dem der Dampf der Lokomotive erzeugt wurde, zu trinken. Die kleine Heidelore hat die Zugfahrt nicht überlebt und wurde später in Bühren auf dem Friedhof beerdigt.

Wir waren schon etliche Tage mit dem Zug unterwegs. Endlich kamen wir auf einem Bahnhof im Norden an. Es war dunkel und das Bahnhofsgebäude war unheimlich groß und alle Scheiben waren durch Luftangriffe zerstört, nur noch das Gerippe stand an seinem Platz.

Der Zug hielt an und endlich bekamen wir etwas zu essen und zu trinken. Die Lokomotive stieß weißen Dampf aus und wurde mit Wasser betankt, damit wir weiterfahren konnten. Durch das Fenster unseres Abteils reichte mir eine Rote-Kreuz-Schwester einen Becher mit heißer Milch. Er fiel mir jedoch aus den Händen und die ganze Milch war verschüttet. Sofort fing ich an zu weinen, aber die Schwester meinte, es wäre doch nicht so schlimm, und sie gab mir einen neuen Becher mit Milch. Sie konnte ja nicht ahnen, wie wertvoll die Milch für mich war, denn unsere Essensrationen waren schon längst aufgebraucht.

Wenn der Zug nicht weiterfahren konnte und ein Ort in der Nähe war, war es erlaubt, den Zug zu verlassen und in den Ortschaften oder Städten in der Nähe etwas an Essen einzukaufen. Allerdings war das immer riskant, da man Gefahr lief, den Zug zu verpassen, denn der Zug fuhr nicht nach Plan, vielmehr dann, wenn die Strecke wieder frei war. Es wurde auch nicht kontrolliert, ob alle wieder da waren. Er fuhr einfach weiter, wenn er konnte.

Trotzdem musste meine Mutter den Ältesten von uns, mein Bruder Alfred war 13 Jahre alt, einmal losschicken, um etwas zu kaufen, da wir nichts mehr zu essen hatten. Zum Glück schaffte er es rechtzeitig zurück in den Zug, sonst hätte er allein in der Fremde bleiben müssen. Unsere Angst um ihn war unendlich groß gewesen.

So fuhr unser Zug weiter, bis er schließlich am Samstag, dem 16. März in Schneiderkrug anhielt, wo wir nach fünf langen Tagen im Zug endlich aussteigen konnten.

Es war einen Tag vor Mamas 43. Geburtstag, sie war allein mit fünf Kindern in der Fremde angekommen. Sie war, wie so viele andere, fassungslos, dass wir so weit von unserer Heimat und unseren Lieben entfernt gestrandet waren.

Ankunft

Es war Samstag, der 16. März und wieder schien die Sonne vom blauen Himmel, als wolle sie uns die Ankunft versüßen. Aber es war zumindest in den Nächten noch recht kalt.

In Schneiderkrug mussten wir, unsere Verwandten und einige andere Leute aus unserem Ort, aussteigen. Manche Leute waren schon vorher in Oldenburg und Ahlhorn ausgestiegen, andere mussten noch bis Vechta weiterfahren. So waren die Flüchtlinge aus dem Zug auf die Orte in der hiesigen Region verteilt worden.

Meine Schwester Hannelore stand nun da mit ihrer großen Puppe, die ganz aus Porzellan war und all ihre Glieder bewegen konnte. Die Puppe hatte schwarze Haare und braune Augen, und wenn man sie hinlegte, machte sie die Augen zu. Die Puppe war beinahe so groß wie Hannelore mit ihren sechs Jahren. Hannelore hatte ebenfalls schwarze Haare, ich hingegen war semmelblond. Ich trug einen kleinen Rucksack, an dem mein Namensschild befestigt war. Auch meine drei Brüder hatten einen eigenen Rucksack auf dem Rücken, in dem sich für jeden die Essenrationen befanden.

Um uns herum standen viele Fuhrwerke mit Leiterwagen, um die Menschen abzuholen. Wir mussten auf eines dieser Fuhrwerke klettern, das uns nach Drantum bringen sollte. Wir hatten Glück, denn unser Gefährt hatte Gummibereifung. Es gab hier keine richtigen Straßen, nur Kopfsteinpflaster oder Sandwege, und so war die Fahrt eine reine Holperpartie, trotz Gummirädern.

In Drantum angekommen, fuhren wir zu einer Schule. Die Schule bestand aus zwei Räumen. Man führte uns in einen Raum, in dem lange Bänke aus Holz mit einem Schreibpult davor standen. Durch die großen länglichen Fenster leuchteten noch ein paar Sonnenstrahlen und in einer Ecke stand ein großer Kanonenofen mit einer großen Feuerklappe. Wir dachten, dass der Ofen wohl mit sehr großen Holzstücken befeuert werden müsste, um so kräftig zu heizen. Später stellte sich heraus, dass es große braune Stücke waren, die man Torf nannte, uns bis dahin als Heizmaterial unbekannt.

Die Dielen hier in der Schule waren schon etwas abgetreten und knarrten unter unseren Füßen. Wir durften uns auf die Bänke setzen. Das Pult vor uns hatte ein Loch, in dem ein Tintenfass steckte, und ringsherum war alles mit Tinte bekleckert.

In diese Schule bin ich später gegangen.

Nachdem wir uns alle gesetzt hatten, bekamen wir etwas zu essen und trinken. Es gab eine Scheibe Schwarzbrot und eine Scheibe Weißbrot mit rohem

Schinken dazwischen. Dazu gab es gezuckerten Milchkaffee aus Blechtassen. Ich hatte so etwas vorher noch nie gegessen und getrunken, aber es hat nicht schlecht geschmeckt.

Mittlerweile war es schon später Nachmittag geworden und wir sehnten uns nach einer Waschmöglichkeit, denn während der langen Zugfahrt hatte es keine Gelegenheit gegeben, uns zu waschen. Das aber ließ noch lange auf sich warten.

Zuerst wurde von den Bauern ausgesucht, wer wohl von uns am besten arbeiten könnte. Mein Bruder Alfred war 13 Jahre alt und wurde im Mai 14, Horst war 10 und Hans 9 Jahre alt. Somit waren sic gerade groß genug für die Arbeit. Wir mussten wieder auf einen Wagen steigen und fuhren zu einem großen Bauernhof mit einer Mühle.

Dort angekommen, führte man uns auf eine große Scheunendiele. In den Ställen standen Kühe auf Stroh, die uns mit ihren großen Augen anschauten. Eine Katze lief vor Schreck gleich um die Ecke und versteckte sich. Wir gingen durch eine Milchkammer, in der große Milchkannen kopfüber in einem grauen Steingutbecken standen. Nebenan stand ein großes Sieb und an den Haken an der Wand hingen Deckel für die Kannen.

Schließlich kamen wir in eine riesengroße Küche mit einem langen Esstisch aus braunem Holz. Unter den Fenstern stand eine lange Bank, auf die wir uns setzen durften. Ich kroch rasch als Erste auf die Bank und hockte mich so hin, dass ich alles gut sehen konnte. Eine alte Frau, wir nannten sie später „die Oma", holte uns etwas zu essen und zu trinken. Ein großer Topf kam auf den Tisch und die Oma füllte jedem daraus in den Blechteller. Bevor wir essen durften, hat die Oma noch gebetet.

Ich verstand aber kein Wort davon, weil sie so komisch Luft holte. Später habe ich meine Mutter gefragt: „Warum hat die Oma denn immer so komisch Luft geholt?", aber sie wusste es auch nicht.

Das Essen war mir völlig fremd und schmeckte mir überhaupt nicht. Der Rest der fremden Familie saß mit uns am Tisch und ließ sich das Essen allerdings schmecken. Der Jüngste von den Kindern fasste den Löffel wie eine Forke an, er schmatzte und eine Rotznase hatte er außerdem. Ein anderer Junge hatte die Arme so auf dem Tisch liegen, dass der Weg zum Teller nicht weit war. Es sah aus, als hätte er Angst, wir würden ihm etwas wegnehmen. Wenn einer während des Essens zur Toilette ging, legten die anderen ihre Löffel beiseite und mussten warten, bis er wieder da war.

Über dem großen Herd hingen geräucherte Würste und Schinken, so etwas hatten meine Augen noch nie vorher gesehen. Es roch sehr nach Rauch.

Der Rauchabzug und selbst der kleine rote Behang waren ganz schwarz und voller Russ. Auf dem Kohleherd standen eine große Pfanne und ein Kessel mit Wasser, der leise vor sich hin summte. Durch die Ringe im Ofenloch leuchtet das Feuer. In der großen Pfanne wurden später Buchweizenpfannkuchen mit fettem Speck gebacken. Die Knechte und der Bauer bekamen die Pfannkuchen morgens zu essen, bevor sie auf dem Acker arbeiten mussten. Auch so etwas hatte ich vorher noch nie gegessen.

Schließlich bekamen wir unsere Zimmer zugewiesen. Sie lagen im Wohnhaus, allerdings von den Räumen der Bauernfamilie durch einen Flur mit einem separaten Eingang getrennt. Zwei Zimmer für sechs Personen. Wir waren alle sehr müde und froh, überhaupt ein Dach über dem Kopf zu haben. Wir schliefen jeweils zu zweit auf einem Bett aus Stroh. Zum Heizen war nichts vorhanden und so froren wir mächtig. Ich durfte angezogen ins Bett gehen und Hannelore und ich kuschelten uns aneinander, um uns gegenseitig zu wärmen.

Am nächsten Tag hatte meine Mutter ihren 43. Geburtstag. ‚Tante' Anna kam, um ihr zu gratulieren, und beide Frauen lagen sich weinend in den Armen.

Anna war mit ihren drei Kindern auch in Drantum bei einem Bauern dürftig untergebracht. Tante Frieda musste hingegen in einem Hühnerstall wohnen.

Einen Küchenherd bekamen wir erst viel später. Unsere Küche war gleichzeitig unsere Stube. Zu essen bekamen wir immer vom Bauern, auch Milch und Eier. Frühstück – Mittagessen – Abendbrot.

Meistens gab es selbst gebackenes Schwarzbrot und Milchkaffee. Einmal brachte man uns einen Eintopf mit großen braunen Bohnen. Die Haut der Bohnen schwamm oben, das sah sehr ekelig aus und wir dachten alle, es wären Küchenschaben.

Meine Mutter musste jedes Essen bezahlen. Zum Glück hatte sie ein Postsparbuch dabei mit 200,00 Deutschen Reichsmark. Aber bald war das Geld aufgebraucht. Wir hatten zwar alle ein Sparbuch, aber leider gab es nichts dafür.

Soldaten

Im April 1945 kamen englische Soldaten und besetzten Haus und Hof. Ein Offizier sah, wie mich meine Mutter im Stall an einer Pferdetränke waschen musste. Das Wasser war sehr kalt, sodass ich weinen musste und auch meiner Mutter liefen die Tränen über das Gesicht. Der Soldat konnte gut Deutsch und fragte meine Mutter, warum sie weinen würde. Sie antwortete, dass es sie sehr erniedrige, ihr Kind in einer Pferdetränke waschen zu müssen. Daraufhin ging er zur Bäuerin und beschwerte sich. Ab diesem Zeitpunkt durfte meine Mutter mich mit warmem Wasser waschen, und wir bekamen sogar als Entschädigung ein paar Eier. Denn die Oma hatte Angst vor den Soldaten.

Einmal war ich mit meiner Mutter allein in der Wohnung, als ein Soldat hereinkam und sich breitbeinig in den Türrahmen stellte und meine Mutter beobachtete. Ich spielte im Nebenzimmer. Meine Mutter rief: „Ingelein, komm schnell her!“ Ich lief durch die Beine des Soldaten hindurch zu meiner Mutter und kletterte schnell auf ihren Schoß. Ich hatte große Angst, doch der Soldat sah mich nur an und verließ wortlos unsere Wohnung.

Um das ganze Gebäude herum standen Panzer. Wir mussten unsere Wohnung verlassen und mit der ganzen Familie, auch die des Bauern, auf den

Dachboden umziehen. Die Wohnungen wurden von den Soldaten belegt. Gott sei Dank durften wir unsere Decken mitnehmen, sonst hätten wir oben auf dem kalten Dachboden mächtig gefroren.

Die Soldaten warfen alle unsere Sachen aus dem Haus nach draußen. Alles lag zerstreut auf dem Hof, auch meine Salbe, die ich dringend für meine Ekzeme gebraucht hätte. Einige Sachen wurden auch verbrannt.

Nach etwa 14 Tagen zogen die Soldaten endlich wieder ab und wir konnten zurück in unsere Wohnungen. Meine Mutter und meine Brüder versuchten, alles wieder einigermaßen herzurichten. Aber meine Salbe blieb verloren.

Die Soldaten hatten einiges von ihrem Waffenmaterial einfach auf dem Hof liegen lassen. Wir Kinder suchten die Munition und pulten den Inhalt heraus. Mit den gelben Stäbchen aus den Munitionshülsen haben wir versucht, Feuer zu machen. Manche Stäbchen haben wir in loses Mauerwerk gesteckt und versucht, sie anzuzünden. Leider hat es nicht so geklappt, wie wir es wollten. Heute würde ich sagen: „Gott sei Dank!“ Es hätte Schlimmes passieren können, aber wir Kinder haben die Gefahr nicht erkannt.

Schwarzbrot und Ostereier

Für meinen Bruder Alfred war mit seinen fast 14 Jahren die Kinderzeit bereits zu Ende, denn er musste nachts Korn mahlen. Dafür bekamen wir ein 10 kg schweres Schwarzbrot. Aber warum nachts?

Tagsüber gab es keinen Strom und so konnten ein Knecht und er nur nachts mahlen, wenn die Stromsperre aufgehoben war. Über Tag durfte ich ab und zu in die Mühle mitgehen und zugucken, wie das Mehl in die Säcke gefüllt wurde. Die großen Mahlsteine stöhnten wie unter einer großen Last, wenn sie sich drehten. Sicher hatten sie schon so manches Korn gemahlen. Es war so laut, dass man sich nicht unterhalten konnte. Manchmal sah ich aus wie ein kleines Mehlmännchen, wenn ich aus der Mühle kam.

Die Tür zur Backstube war gleich neben unserem Eingang. In der Backstube stand ein großer länglicher Trog, in dem die Zutaten für das Schwarzbrot hineinkamen. Alles in diesem Raum war weiß vom Mehlstaub. Sogar das Spinnennetz am Fenster, in dem nur noch die halbe Scheibe saß, sah weiß aus. Manchmal liefen mir dort Mäuse über die Füße und ich bin mir sicher, dass manchmal auch Mäusedreck mit ins Schwarzbrot gelangte.

Der Teig wurde in einen großen rechteckigen Kasten eingefüllt und musste dann 24 Stunden lang im Backofen verbleiben. Der Ofen wurde vorher ordentlich angeheizt, und wenn er heiß genug war, holte man die Kohlen wieder heraus. Jetzt war die Temperatur hoch genug für den Teig. Das Brot wurde später mit einem langen Holzschieber aus dem Ofen geholt. Das war schwere Arbeit, aber es duftete dann wunderbar nach frischem Brot.

Tiere durften in diesen Jahren offiziell nicht geschlachtet werden. Das wurde nur heimlich getan und das Fleisch wurde versteckt. Mit einem Flaschenboden und einem Stempelkissen stempelte man die Schweinehälften so, als wäre es amtlich abgenommen. Wir Kinder entdeckten beim Spielen all dies und waren ganz aufgeregt über unser Wissen. Wir liefen damit zur Mutter, aber ihr, weil sie ja auch nichts anders machen konnte, blieb nichts anderes übrig, als uns den Mund zu verbieten, was uns natürlich schwerfiel.

Es kam Ostern und unsere Mama versteckte für uns Ostereier im Wald. Wir Kinder waren aufgeregt und konnten es kaum abwarten, auf die Suche zu gehen.

Der Wald war gleich hinterm Haus. Allerdings hatte meine Mutter nicht bedacht, dass der Hund des Bauern sie beim Verstecken beobachtete. So war der Hund schneller als wir und hatte vor uns alle

Verstecke gefunden und die Eier gefressen. Wir waren darüber sehr traurig, gingen mit hängendem Kopf und ohne Ostereier zurück. Der Hund aber lag ganz unschuldig auf dem Hof und leckte genüsslich seine Schnauze. Leider konnte unsere Mutter so schnell nicht wieder Osterhase spielen und neue Eier für uns verstecken.

Es wurde aber zur Tradition, dass jedes Jahr zu Ostern ein Osternest mit bunten Eiern versteckt wurde. Auch als wir schon älter waren, haben wir Ostereier gesucht. Ab und zu verirrte sich auch ein Osterhase aus Pappmaschee im Nest, der war dann gefüllt mit Schokoladeneiern.

Es gab natürlich eine Menge Osterbräuche. Am Ostersonntagmorgen mussten wir zum Beispiel einen Apfel auf nüchternen Magen essen, der sollte uns übers Jahr gesund erhalten. Für diese Tradition bin ich noch heute. „So du glaubst, so dir geschieht."

Auch das Osterstiepen war damals Tradition. Wir Kinder gingen frühmorgens, wenn noch alles schlief, auf leisen Sohlen mit einer frischen Birkenrute zu den Erwachsenen ins Schlafzimmer. Wir hoben die Zudecke hoch und riefen „Stiep, stiep, Osterei, giwst du mi keen Osterei, so stiep ik die dat Hemd entzwei!" So wurde unser Verlangen bald gestillt und wir bekamen Süßigkeiten oder bunte Ostereier.

Sommer

So verging die Zeit und es nahte der Sommer. Wenn es regnete, habe ich im Sandweg bei der schwarzen Scheune Kuchen aus nassem Sand gebacken und ihn mit lila und weißen Fingerhutblüten verziert.

Unsere Mutter bekam nach einiger Zeit ein kleines Stück Garten, in dem sie etwas anpflanzen konnte, denn Obst und Gemüse gab es damals nicht zu kaufen. Wir Kinder haben allerdings heimlich Obst gestohlen: Wenn wir an Obstbäumen vorbeikamen und die dicken gelben Eierpflaumen lockten, konnten wir nicht widerstehen. Später im Jahr kamen auch Äpfel hinzu. Mama hätte uns verdroschen, wenn sie es gewusst hätte. Sie hat immer wieder zu uns gesagt: „Was euch nicht gehört, habt ihr nicht zu nehmen!“

Von einem Mohnfeld holten wir uns die Kapseln, brachen sie auf und ließen die Samen in den Mund rieseln. Auch Nachbars Kirschen haben gut geschmeckt. Uns hat das alles nicht geschadet ..., und der Bauer ist davon auch nicht ärmer geworden. Aber wehe, wenn er uns erwischt hätte!

Wir spielten natürlich auch mit den Kindern der anderen Flüchtlingsfamilien und so sahen wir, wie und wo sie untergebracht waren. Manche Familien wohnten zusammengedrängt in Schweineställen, nur mit einer Decke abgetrennt von den Tieren. Ohne Wasser und ohne Strom. Manche hatten nur ein Strohlager. Es gab Familien, die nicht genug zu essen hatten. Unsere Mama hat ihnen manchmal von unserem Schwarzbrot abgegeben. Schon bald hieß es: „Lass uns zu der Tante gehen, da gibt es Schwarzbrot mit Zucker.“ Eine Scheibe Brot war so groß, dass man für eine längere Zeit satt war.

Wenn Leute aus der Stadt kamen, um ihre Sachen gegen Lebensmittel zu tauschen, schickte die Oma sie vom Hof. Meine Mutter aber gab ihnen dann auch etwas von unserem Schwarzbrot ab. Einmal habe ich gesehen, wie ein Mann vom Hof ging und weinte, weil er nichts zu essen bekommen hatte. Er hatte wohl nicht die richtigen Sachen zum Tauschen dabei. Meine Mutter hat ihm von unserem Schwarzbrot angeboten, aber er hat es nicht genommen und ist gegangen.

Nach einer langen Zeit wurde endlich ein Schornstein in unserer Küche hochgezogen und wir bekamen eine Kochmaschine, sodass Mama für uns selber kochen konnte.

Töpfe und Geschirr bekamen wir vom Bauern. Wenn der Bauer geschlachtet hatte, schenkte er uns Fleisch und sagte zu meiner Mutter, sie solle es schnell verarbeiten. Der Bauer hatte ein gutes Herz und er meinte, der Oma bräuchte sie nichts zu sagen. Die Oma hatte das Regiment auf dem Hof – und die gönnte uns – warum auch immer – nichts. Nicht mal das Obst, wenn es von den Bäumen fiel. Sie meinte: „Lieber sollen es die Gänse anschnattern." Sie nannte uns auch „die Kartoffelkäfer".

Der Bauer war schwerhörig und hatte ein großes Hörrohr. Manchmal haben wir uns über ihn lustig gemacht. Wenn er Plattdeutsch sprach, konnten wir ihn nicht verstehen.

Das Fleisch legte meine Mutter in eine Wanne und bestreute es mit Salz, um es haltbarer zu machen. Einen Gefrierschrank gab es noch nicht. Später hat sie es auch in Weckgläser eingekocht. So hatten wir immer etwas zu essen.

Meine Mutter erhielt vom damaligen Bürgermeister Böckmann, bei dem sie sich melden musste, für jeden von uns Lebensmittelmarken. Dafür konnte sie für einen Monat die notwendigsten Lebensmittel kaufen. Es wurde alles zugeteilt und wenn zum Beispiel die Ration Zucker aufgebraucht war, bekam man nichts mehr. Ohne diese Marken bekam man überhaupt nichts zu kaufen.

Eines Tages schickte sie Horst mit den Lebensmittelmarken zum Einkauf. Er kam aber ohne Essen zurück und sagte, er hätte unterwegs die Marken verloren. Damit wäre unsere Ration für den restlichen Monat komplett weg gewesen! Wovon sollten wir nun alle satt werden? Meine Mutter hat ihn so kräftig verdroschen, dass wir alle Angst um ihn hatten und laut schrien, sie solle aufhören. Später entdeckte er die Marken jedoch in einer seiner Jackentaschen. Warum hatte er da nicht früher dran gedacht?

An einem schönen Sommertag wollte meine Mutter nach Bühren zum Einkaufen. Sie nahm mich an ihre Hand und so brauchte ich nicht auf den Weg zu achten und konnte die Umgebung erkunden. Wir kamen an einem Kornfeld vorbei und die Ähren wiegten sich im Wind. Es sah aus wie die Wellen eines Meeres. Rechts und links am Wegrand wuchs Heidekraut und der Ginster fing an zu blühen. Auch Rebhühner liefen über den Sandweg und versteckten sich schnell wieder im Kornfeld. Über unseren Köpfen segelten die Schwalben. Sie hatten ihr Zuhause bei dem Bauern in der großen Scheune.

Der Weg führte auch an einem kleinen Häuschen vorbei. Es sah aus, als wohnten dort Hänsel und Gretel aus dem Märchenbuch. Vor dem Haus stand eine große Tanne und an dem Stamm hing ein roter Topf. Im Garten standen auch ein paar Blumen. Später stellte sich heraus, dass in dem Haus tatsächlich ein Junge mit dem Namen Hänsel wohnte. Er ging mit mir später zur Schule.

Nach einiger Zeit kamen wir in Bühren beim Bäcker an und ich sah im Regal ein kleines Weißbrot. „Mama“, bettelte ich, „bitte kaufe doch das Weißbrot.“ Zu meiner Freude verlangte meine Mutter tatsächlich das Brot. Doch die Verkäuferin sagte unfreundlich zu Mama: „Gehen Sie dahin, wo Sie früher das Weißbrot gekauft haben!“

So gekränkt, verließen wir den Laden ohne ein Wort und ohne Brot. Meine Mutter weinte. Wie verletzend war dieser Satz! Die Verkäuferin musste ja ihre Heimat nicht verlassen. Wie gerne hätte meine Mutter das Brot für mich und meine Geschwister gekauft. Da wurde das Heimweh wieder groß nach dem schönen Pommernland.

Wiedersehen

Im August 1945 kam endlich mein Vater mit meiner Schwester Luise, meiner Oma und Mamas Schwester Elfriede zu uns. Sie hatten eine traurige und beschwerliche Flucht hinter sich. Luise war ja noch verwundet. Der Granatsplitter saß zwischen Lunge und Rippen und sie konnte nicht viel laufen. Deshalb musste mein Vater sie oft tragen. Sie sind zu Fuß über 200 Kilometer von Jasenitz bis nach Rostock gegangen, um dort mit einem Schiff über die Ostsee in den Westen zu kommen. Unversehrt sind sie in Kiel gelandet, wo sie zuerst in ein Lager mussten, bevor sie sich endlich auf den Weg zu uns machen konnten. Mein Vater wusste, wo wir geblieben waren, denn meine Mutter hatte ihm gleich bei unserer Ankunft in Drantum einen Brief geschrieben. Es ist erstaunlich, dass die Post damals wirklich noch funktionierte.

Mein Vater hatte sich unterwegs irgendwie ein Fahrrad zusammengebastelt, so konnte er Luise leichter transportieren. Auch eine Landkarte hatte er aufgetrieben und so kamen sie endlich in Drantum an. Ich weiß nicht, wie lange sie insgesamt unterwegs gewesen waren.

Wir waren jedenfalls überglücklich, endlich Papa und Luise wieder bei uns zu haben. Jetzt fehlten nur noch Elli und Hermann.

Marga war in Schlesien und wir hofften, dass es ihr dort gut ging. Sie wohnte bei ihren Schwiegereltern. Aber auch Marga musste mit ihrem Kind fliehen und landete in einem Lager in Helmstedt. Dort lernte sie ihren späteren zweiten Ehemann kennen.

Kälte und (Herzens-)wärme

Der Sommer ging zu Ende und der Herbst nahte. Der Wind wehte bunte Blätter von den Bäumen und auch Kastanien und Eicheln fielen zu Boden. Einige sammelte ich auf und bastelte daraus kleine Figuren. Kleine Körbchen mit Henkel, mit Streichhölzern bekamen die Kastanien Beine, der Kopf war dann eine Eichel. Meine Mutter hatte es mir gezeigt. Etwas anderes zum Spielen hatte ich nicht.

Es nahte bald der Winter und wurde so bitter kalt, dass die Fensterscheiben von innen zufroren. Mit unserem Atem hauchten wir ein kleines Loch in die zugefrorenen Scheiben, um hindurchzuschauen. Wir sahen die Schneeflocken tanzen und die Erde bedecken. Mama sang mir dann das Lied vor: „Schneeflöckchen, Weißröckchen, wann kommst du geschneit?“

Wenn Hannelore und ich ins Bett mussten, hielt Mama unsere Bettdecke vorher an den warmen Kohleherd. Nach einer Weile sagte sie: „Nun huscht schnell ins Bett“, und deckte uns mit der warmen Decke zu!“

Morgens glitzerten die Wände vom Frost und wir berührten mit den Händen die Eisblumen. Dann zeichneten sich unsere Hände darauf ab, was wir sehr lustig fanden. Meine Hände wurden noch kälter, als sie ohnehin schon immer waren, eben Eishände. Die Betten waren so klamm und auch das Stroh wurde mit der Zeit so feucht, dass es ekelig war, darin zu schlafen. So wurde ich zum Bettnässer. Natürlich konnte ich nichts dafür. Hannelore musste oft ihre Wäsche wechseln, weil ich sie mit nass gemacht hatte. Wir schliefen ja zusammen in einem Bett. Meine Mutter hat übrigens nie mit mir geschimpft.

Oft saß meine Mutter an unserem Bett und hat uns selbst ausgedachte Märchen erzählt. Wir haben dann gebettelt: „Bitte, Mama, erzähl uns noch eine Geschichte! Die von der Mäusefamilie oder von den Nadeln, die auf Wanderschaft gingen, oder die Geschichte vom Gevatter Storch und Gevatter Fuchs!“ Sie musste uns diese Geschichten später noch sehr oft erzählen.

Es kam die Adventszeit und unser erstes Weihnachten in der Fremde nahte. Meine Mutter nähte aus Sägespänen und Stoffresten Puppen. Alfred musste nach Emstek zur Sägerei ‚Lüsse‘, um dort trockenes Sägemehl zu holen, damit wurden die Puppen ausgestopft. Auch für die Kinder der Familie, bei der wir wohnten, nähte meine Mutter Puppen. Die Familie hatte viele Kinder in unserem Alter. Es sprach sich zudem herum, dass meine Mutter Puppen nähen konnte, und so kamen Leute und kauften für Speck, Eier und Wurst die Puppen.

In der Weihnachtszeit hat meine Mutter oft und viel gesungen. Sie konnte gut singen und hat das musikalische Talent an meine Geschwister vererbt. Mein Bruder Hans kann von uns allen am besten singen und hat schon viele Menschen mit seiner Stimme begeistert.

Wenn meine Mutter Kekse backte, durfte ich immer zugucken. Ich saß dann kniend auf einem Stuhl, damit ich alles besser sehen konnte, und wartete gespannt darauf, die Schüssel auslecken zu dürfen. Manchmal sang meine Mutter das Lied „Weißt du wie viel Sternlein stehen an dem blauen Himmelszelt?" und sie stupste meine Nase mit ihren weißen Mehlfingern an.

Auf der Fensterbank stand eine kleine Kerze und brannte. Sie leuchtete bestimmt für meine Geschwister, die noch in der Fremde weilten. Ich weiß nicht, wo meine Mutter die Kerze aufgetrieben hatte.

Es roch in der kleinen Wohnküche immer wunderbar und es gab auch ab und zu einen Bratapfel als Naschwerk. Wir haben so manches Weihnachtslied gemeinsam gesungen, aber auch das Pommernlied. Jetzt, zu dieser Zeit, war das Heimweh besonders groß und auch die Sehnsucht nach meinem ältesten Bruder Hermann.

Das Pommernlied

Wenn in stiller Stunde Träume mich umwehn,
bringen frohe Kunde Geister ungesehn,
reden von dem Lande meiner Heimat mir,
hellem Meeresstrande, düsterm Waldrevier.

Weiße Segel fliegen auf der blauen See,
weiße Möwen wiegen sich in blauer Höh',
dunkle Wälder krönen weißer Dünen Sand;
Pommerland, mein Sehnen ist dir zugewandt!

Aus der Ferne wendet sich zu dir mein Sinn,
aus der Ferne sendet trauten Gruß er hin;
traget, laue Winde, meinen Gruß und Sang,
wehet leis und linde treuer Liebe Klang!

Bist ja doch das eine auf der ganzen Welt,
bist ja mein, ich deine, treu dir zugesellt;
kannst ja doch von allen, die ich je geseh'n,
mir allein gefallen, Pommerland, so schön!

Jetzt bin ich im Wandern, bin bald hier, bald dort,
doch aus allen andern treibt's mich immer fort:
Bis in dir ich wieder finde meine Ruh,
send ich meine Lieder dir, o Heimat, zu!

Meine Mutter hat manchmal auch geweint, wenn dieses Land erklang. Sie hat es uns zwar nie gezeigt, aber ich habe es doch gesehen.

An Heiligabend lud uns der Bauer ein, mit seiner Familie den Heiligen Abend zu verbringen und so durften wir mit in seine beste Stube.

Sie wurde, wie das auf den Höfen im hiesigen Raum üblich war, nur an Feiertagen benutzt oder wenn wichtiger Besuch kam. Ich sah sie das erste Mal. Der Tannenbaum war groß und bunt geschmückt. An den Zweigen hingen Schokoladenringe und selbst gebackene Kekse. Am liebsten hätte ich davon genascht. Auf den Zweigen saßen bunte Vögel aus Glas, sie wippten mit den Schwänzen, wenn durch das Öffnen der Tür ein Luftzug hervorgerufen wurde. Das sah lustig aus.

In der Stube standen ein altes rotes Plüschsofa, ein Tisch und Stühle. An der Wand hing eine große Uhr, die laut tickte. Ein bunter Teppich lag in der Mitte des Raums auf einem Holzfußboden, von dem die Farbe schon ganz abgetreten war. Wir standen da, fassten uns bei den Händen und waren gerührt. Es war Weihnachten und unsere Familien waren zerrissen. Ich weiß nicht wer, aber einer stimmte das Lied „Stille Nacht, Heilige Nacht“ an und wir haben alle so gut es ging zusammen gesungen. So manche Träne lief dabei über die Wangen.

Anschließend gab es etwas zu essen. Wieder saßen wir in der großen Küche am langen Tisch. Auch diesmal mit der gesamten Bauernfamilie. Ich kroch wieder auf die lange Bank, auf der meine Geschwister ebenfalls noch Platz fanden. Der Tisch hatte auch heute keine Tischdecke, nur das abgescheuerte braune Holz war zu sehen.

Die Oma fing wieder zu beten an, und ich verstand wieder kein Wort. Auch wurde mir die Zeit viel zu lang, denn nach dem Essen sollte die Bescherung sein. Endlich kam das Essen auf den Tisch, es gab Kartoffeln, Rotkohl und Braten. Am leckersten war die Nachspeise: Milchreis mit Vanillegeschmack.

Nach dem Essen war endlich Bescherung. Ich bekam vom Weihnachtmann eine kleine blaue Puppenwiege und natürlich eine Puppe, die Mama genäht hatte. Die Puppe hatte ein hellblaues Kleid, und ich habe sie sehr geliebt. Woher wusste der Weihnachtsmann nur, dass Mama Puppen näht?

Über der Backstube wohnte ein älteres Ehepaar, die Ludwigs, sie kamen aus Breslau (Schlesien). Wir hörten sie ganz laut das Lied singen:

„Harre, meine Seele, harre des Herrn:
alles ihm befehle, hilft er doch so gern!

Sei unverzagt, bald der Morgen tagt,
in allen Stürmen, in aller Not wird er dich beschirmen,
der treue Gott."

Sie kamen nicht zu uns herunter, obwohl sie auch eingeladen waren. Vielleicht waren sie zu stolz oder wollten nicht, weil sie keine Kinder hatten.

Strohbett, Schafe, Gänse

Im Januar und Februar 1946 war es ganz besonders kalt und es gab viel Schnee. Im Januar bekam meine Schwester Hannelore eine Blinddarmentzündung und musste nach Cloppenburg ins Krankenhaus. Mein Vater brachte sie auf einem offenen Leiterwagen, den er sich vom Bauern geliehen hatte, dorthin. An diesem Tag schneite es besonders dicke Flocken, aber Hannelore war in eine dicke Decke gehüllt.

Wenn mein Vater sie besuchte, musste er zu Fuß gehen. Durch den dicken Schnee dauerte dies stundenlang. Hannelore überstand die Operation gut, und mein Vater konnte sie nach 14 Tagen wieder nach Hause holen.

In der Zwischenzeit hatte meine Mutter von irgendwoher einen Backstein organisiert, den sie im Backofen erwärmte und anschließend in Hannelores Bett legte. Eine Wärmflasche gab es noch nicht, jedenfalls nicht für uns. Auch ich profitierte von dem warmen Backstein, da ich ja mit Hannelore in einem Bett schlief.

Meine Schwester Luise ging einmal am späten Nachmittag einkaufen und nahm mich mit. Es hatte mal wieder viel geschneit, zudem war es so kalt, dass der Schnee hart gefroren war, sodass ich oben auf der Schneedecke gehen konnte ohne einzusinken. Auf unserem Rückweg schien der Vollmond unglaublich hell am Himmel und der Schnee glitzerte wie kleine Kristalle mit den Sternen um die Wette.

Im Frühjahr, als die Sonne endlich etwas wärmte, brachten mein Vater und meine Brüder die Unterbetten aus Stroh nach draußen. Meine Mutter stopfte die Strohsäcke mit frischem Stroh, das wir vom Bauern bekommen hatten. Als wir abends ins Bett gingen, kamen wir uns vor wie die Prinzessin auf der Erbse, denn der Strohsack war prall gefüllt und hoch. Aber es dauerte nicht lange und wir hatten wieder unsere Kuhlen, da das Stroh schnell nachgab.

Manchmal haben wir in unseren Betten getobt. Aber dann hat uns unsere Mutter ausgeschimpft, weil es doch stark staubte und ich durch allergische Reaktionen keine Luft mehr bekam.

Der Sommer kam und wir spielten viel draußen und stromerten durch die Gegend. Manchmal saßen wir auf dem Dachboden über dem Stall und spielten im Stroh.

An einem schönen Sommerabend gab es ein schweres Gewitter. Der Blitz schlug bei Bauer Böckmann in Drantum ein und das Haus fing Feuer. Meine Schwester Luise hob mich auf ihren Arm, damit ich auch etwas sehen konnte. Es war ganz schrecklich: Die Flammen schlugen hoch bis zum Himmel, der sich rot verfärbte, bis es endlich Nacht wurde. Das Haus brannte völlig nieder. Mein Vater hat später alles wieder mit aufgebaut, er war ja Maurermeister von Beruf.

Bauer Böckmann hatte Schafe. Eines Tages, als ich meinem Vater Essen bringen musste, nahm mich der Schafbock beinahe auf seine Hörner. Der Schafbock konnte mich nicht leiden, und als er mich an diesem Tag entdeckte, stürmte er direkt auf mich zu. Ich lief so schnell ich konnte zu einer Leiter, die zum Glück an einer Mauer stand. Ich schrie nach meinem Vater, aber der hatte keine Zeit, sich um mich zu kümmern. Der Schafbock stieß mit seinen Hörnern immer heftiger an die Leiter und mein Schreien wurde immer lauter. Endlich kam mein Vater und sperrte den Schafbock weg.

Auch von den Gänsen wurde ich geärgert. Die waren in einer der Schweinebuchten eingesperrt, man hatte sie wohl als Weihnachtsbraten gedacht. Ich spielte im Stall, dem Sohn des Bauern gefiel das wohl nicht. Er setzte mich einfach über die Absperrung zu den Gänsen, die mich sofort umringten und anschnatterten. Er hatte seinen Spaß, denn ich schrie vor lauter Angst aus Leibeskräften.

Zum Glück hat mich meine Mutter erlöst und den Jungen ordentlich ausgeschimpft.

Elli und Autokutschen

Mittlerweile war auch meine Schwester Elli nach einer unglaublichen Odyssee bei uns in Drantum angekommen.

Mit Franz-Josef, dem jüngsten Sohn des Bauern, spielte ich oft auf der großen Diele Fangen. Einmal stolperte ich über eine Autobatterie und schlug mir die Lippen auf. Meine Schwester Elli nahm einfach ein Pflaster und klebte die auseinanderklaffenden Lippen wieder zusammen. Zum Glück verheilte alles gut, aber noch heute kann man die Narben von der Verletzung erkennen.

Wenn ich keine Lust mehr zum Spielen hatte, setzte sich Franz-Josef vor mir in die Hocke und bettelte und sagte immer wieder: „Inge, säch mol, Inge, mogst mie noch lieern?“ Dann musste ich lachen, denn inzwischen konnte ich etwas Plattdeutsch verstehen. Bei so viel Zuneigung konnte ich ja nur mit ihm weiterspielen!“

Der Bauer hatte auch ein Auto, aber es gab zu der Zeit kein Benzin. Wenn er und seine Familie sonntags zur Kirche nach Emstek fuhren, wurden Pferde vor das Auto gespannt. Durch das Fenster, das man nach außen aufklappen konnte, hielt er die Zügel. Das sah sehr lustig aus. Und wenn es im Winter schneite, fielen Schneeflocken durch das Fenster ins

Auto hinein. Einmal durfte ich sogar mitfahren. Die Straße nach Emstek war mit Kopfsteinen gepflastert und neben der Pflasterstraße gab es einen Sandweg. Die Steine in der Mitte der Straße waren höher, und die Pferde liefen natürlich nicht immer auf dem Sandweg. Wenn die Pferde auf die Straße kamen, sprang und hopste das ganze Auto.

Meine Familie durfte natürlich nicht in diese Kirche gehen. Der katholische Pfarrer hatte etwas dagegen. Er predigte von der Kanzel, die Leute sollten sich von uns fernhalten, wir wären die Heiden aus den Osten. Die meisten Flüchtlinge waren ja evangelisch-lutherisch. Seiner Meinung nach hätten wir mit einem Besuch wohl seine Kirche entweiht.

Für die Flüchtlinge wurde der Gottesdienst in Schneiderkrug in der Gaststätte ‚Uptmoor' von Pastor Tiedken gehalten. Dort ging auch meine Mutter bald zum Kirchenchor, den der Pastor gegründet hatte. Meine Schwester Luise war bei ihm Pfarrhelferin und leitete den Konfirmandenunterricht. Meine Brüder gingen bei ihr in den Unterricht.

Der Pastor hatte für Luise ein Herrenfahrrad organisiert, damit sie nach Emstek und Bühren fahren konnte. Ab und zu nahm sie mich mit, dann saß ich vorne auf der Stange. Einen Sattel gab es nicht. Manchmal, wenn der Sand im Weg besonders trocken war, konnte man nicht gut fahren und wir fielen so manches Mal mit dem Fahrrad um. Neben dem Sandweg war nur ein schmaler Pfad und an den Rändern wuchs Heidekraut. Wollte man dort Rad fahren, musste man gut das Gleichgewicht halten können.

Herbert und Inge mit einem der ersten Autos

Viel Schnee

Der nächste Winter kam und es war wieder bitterkalt. So kam auch die Weihnachtszeit. Am Nikolaustag hatte der Bauer einen Nikolaus mit Engel und Knecht Ruprecht bestellt, die bei ihm ins Haus kommen sollten.

Der Nikolaus kam auch zu uns, obwohl meine Eltern ihn gar nicht bestellt hatten. Er klopfte mit seiner Rute an unsere Tür und alle drei Figuren, Nikolaus, Knecht Ruprecht und Engel, kamen ohne Aufforderung zu uns hinein. Wir waren alle sehr erschrocken. Mein Bruder Hans lag auf dem Bett in der Küche und schlief. Der Knecht Ruprecht dachte, er dürfte ihn wohl mit der Rute verhauen. Hans wusste gar nicht, wie ihm geschah, als er die Schläge bekam. Aber der Knecht Ruprecht kannte meine Mutter nicht: Sie schmiss alle sofort raus. Der Mann hatte wohl gedacht, er könne bei einem Flüchtlingskind seinen Frust auslassen.

Die Weihnachtszeit war sehr gemütlich. Meine Mutter hatte ein paar Tannenzweige aus dem nahen Wald geholt, um es ein bisschen weihnachtlicher aussehen zu lassen. Auch hatte sie wieder eine kleine Kerze aufgestellt. Oft kamen unsere Verwandten zu Besuch. Dann saßen wir alle zusammen und erzählten von zu Hause und von allen Angehörigen, die noch vermisst wurden. So manche Träne wurde nicht nur heimlich vergossen.

Es gab wieder sehr viel Schnee. Der Schnee war so hoch, dass die Erwachsenen einen Gang über den Hof schaufeln mussten, damit wir zur Toilette konnten, denn die Toilette lag nicht im Haus, sondern im Stall. Unsere Haustür lag quer zum Stall und der Schnee lag so hoch, dass ich nicht darüber hinwegschauen konnte, wenn ich zur Haustür hinausschaute. Meistens ging ich auf den Nachttopf, den Mama unter dem Bett stehen hatte.

Im Stall war es für mich immer unheimlich, überall gab es Geräusche. Es hatten sich Fledermäuse in der Scheune niedergelassen, die Kuhketten rasselten und im Lichtschein der Kerze sah man überall Gespenster. Wenn ich aufs Klo musste, brauchte ich nie allein gehen. Immer ging jemand mit, meistens meine Schwester Hannelore. Sie rief dann immer vor der Tür: „Wie lange dauert es noch? Bist du bald fertig?“ Ich glaube, sie hatte auch Angst, auch wenn sie es niemals zugegeben hätte.

Währungsreform und Einschulung

Schließlich kam das Jahr 1948 und mit ihm viele Ereignisse. Es war das Jahr der Währungsreform. Jede Person, egal ob Kind oder Greis, bekam 40,00 Deutsche Mark für einen Neuanfang. Seltsamerweise konnte man auch plötzlich wieder etwas kaufen. In den Geschäften wurden mit einem Mal wieder Lebensmittel und Kleidung angeboten.

Im April 1948 wurde ich eingeschult und bekam eine Schultüte, in der sich aber nur wenige Süßigkeiten befanden. In meinem Tornister aus braunem Leder hatte ich eine Schiefertafel und einen Griffelkasten mit einem Griffel als Inhalt. An der Seite der Schiefertafel waren ein kleiner Lappen und ein Schwamm befestigt, mit dem ich die Tafel wieder sauberwischen konnte. Und manchmal war alles nach dem Heimweg von der Schule so verwischt, dass ich nichts mehr lesen konnte, wenn ich Hausaufgaben machen sollte.

Hannelore, Hans, Horst und ich gingen einmal in Drantum und einmal in Garthe zur Schule. So war es gerecht verteilt und alle Schulkinder hatten den gleichen Weg zur Schule. Für Alfred war mit seinen 17 Jahren die Schulzeit ja schon vorbei.

In der Weihnachtszeit hatte unser Lehrer, Herr Meister, die Idee, ein Märchen einzustudieren. Die Bühne wurde mit Wolldecken als Vorhang abgeteilt. Meine Schwester Hannelore spielte einen Tannenbaum. Sie hatte ein langes weißes Hemd an und meine Mutter hatte überall Tannenzweige angenäht. Manche Kinder, die mitspielen durften, hatten an ihren Hemden goldene Sterne. Sie glitzerten so schön im Lichterschein. Das Stück hieß „Der verzauberte Weihnachtswald". Ich war noch zu klein, um mitzuspielen, so durfte ich nur in der ersten Reihe sitzen, wo ich alles ganz genau sehen konnte.

Den Weg zur Schule mussten wir zu Fuß gehen. Im Winter war es ganz schön anstrengend, durch den Schnee zu stapfen. Manchmal sackten wir bis zum Bauch ein, wenn der Wind den Schnee zu kleinen Hügeln zusammengefegt hatte. So manches Mal verlor ich im Schnee auch meine Holzschuhe, denn meine Lederschuhe passten mir nicht mehr, waren mir zu klein geworden. Meine Geschwister buddelten die Holzschuhe dann wieder aus dem Schnee. Ich mochte meine Holzschuhe und fand sie sehr lustig. Sie klapperten so schön und ich hatte nie wirklich kalte Füße.

Alle Flüchtlingskinder wurden von der ersten Klasse bis zur achten Klasse in einem Raum unterrichtet. Die älteren Schüler mussten die jüngeren unterrichten, wenn der Lehrer mit den anderen

Jahrgängen lernte. Unser Unterricht wurde immer dann abgehalten, wenn der Klassenraum nicht besetzt war. Meistens war das am Nachmittag, denn vormittags hatten die einheimischen Kinder ihren Unterricht. Zusammen ging es nicht, katholische und evangelische Kinder, zu der Zeit undenkbar. Am liebsten mochte ich in der Schule Schönschrift und Rechnen.

Manchmal musste ich auch allein in Drantum zur Schule gehen. Dann hatte ich große Angst, denn ich musste an einer Wiese vorbei, auf der ein großer, schwerer Bulle graste. Der schaute unglaublich böse, und ich bin lieber durch ein Kornfeld gegangen, in der Hoffnung, dass er mich nicht sehen würde. Aber er wusste genau, dass ich da vorbeiging, denn er brüllte wie wild und nahm vor lauter Wut das Wasserfass auf seine Hörner, sodass er nichts mehr sehen konnte.

Meine Schulklasse in Drantum

Noch ein Bruder und Himbeerbonbons

Bald sichtete ich ein paar Störche, die übers Haus flogen. In den Weiden unserer Umgebung gab es überall kleine Wasserstellen, an denen sich die Frösche aufhielten. Wenn ich die Störche entdeckte, fing ich an zu rufen: „Klapperstorch, du Luder, bring mir einen Bruder, Klapperstorch, du Bester, bring mir eine Schwester."

Der Klapperstorch hat mich wohl erhört, denn bald darauf bekam ich einen Bruder, der am 21. Mai 1948 geboren wurde. Die Puppentante, so nannte man hier die Hebamme, kam zu Mama. Es war so üblich, dass die Puppentante mit dem Neugeborenen heimlich verschwand und der Vater konnte das Kind in irgendeiner Kneipe einlösen. Zur Einlösung musste er natürlich Schnaps ausgeben. Bei uns hat sich die Puppentante allerdings nicht getraut, den Bruder zu entführen.

Als ich meinen kleinen Bruder das erste Mal sehen durfte, war ich sehr erschrocken, weil er so rot im Gesicht war und aus Leibeskräften schrie. Sicher war ihm kalt. Er bekam den Namen Herbert und ich dachte, der Name passt zu ihm. Herbert war das zehnte Kind und meine Mutter war bei seiner Geburt bereits 46 Jahre alt.

Einmal mussten Hannelore und ich bei Tabeling, ein kleiner Lebensmittelladen mit Dorfkneipe, einkaufen gehen. Unterwegs haben wir eine Brieftasche mit sehr viel Geld darin gefunden. Wir staunten nicht schlecht, als wir die Brieftasche untersuchten, über 600 Mark steckten drin. Wir waren sehr aufgeregt, versteckten die Brieftasche gut und gingen schnell einkaufen. Auf dem Rückweg holten wir die Brieftasche aus dem Versteck und nahmen sie mit nach Hause. Mutter schaute sie sich genau an und entdeckte, wem sie gehörte.

Sie schickte uns sofort los, um die Brieftasche beim Bauern Hinrichsmeyer abzugeben, dem sie gehörte. Der hatte die Brieftasche noch nicht vermisst und es schien ihm auch nicht wichtig, sie wiederzubekommen. Seine Freude und Dankbarkeit hielten sich in Grenzen. Wir bekamen jedenfalls als Finderlohn einen großen Sack mit Weißkohlköpfen. Er fand, das sei für uns Flüchtlingskinder mehr als genug. Wir waren sehr enttäuscht. Hätte er uns auch nur 10 Pfennige geschenkt für eine Tüte Bonbons, wir wären die glücklichsten Kinder der Welt gewesen. Denn bei Tabeling stand immer ein großes Glas mit Bonbons auf dem Tresen, die uns natürlich lockten. Meistens waren es rote Bonbons, sie sahen aus wie Himbeeren.

Einmal habe ich mir einen Bonbon heimlich genommen. Frau Tabeling befand sich noch nicht im Laden, als ich zum Einkaufen kam. Rasch griff ich ins Bonbonglas auf dem Tresen, schon steckte der Bonbon im Mund. In diesem Moment betrat Frau Tabeling den Laden. Sie fragte mich, was ich denn wohl holen sollte. Mit vollem Mund musste ich antworten. Ich glaube, sie hatte es damals bemerkt, denn sie schmunzelte, hat aber meinen Eltern nichts gesagt.

Süßigkeiten waren bei uns Mangelware. Für so etwas war kein Geld da.

Baracke, Plumpsklo und Hühnersuppe

Bürgermeister Böckmann aus Vesenbühren sorgte dafür, dass für Flüchtlinge Wohnraum geschaffen wurde.

So zogen wir im Herbst 1948 in eine Baracke. Sie war groß und hatte für zwei Familien Platz. Die Wände rochen sehr nach Teer, mit dem das Holz von außen wetterfest gemacht worden war. Auf der anderen Seite des Hauses zog auch eine Großfamilie ein, die meine Eltern kannten. Wir haben uns sehr schnell mit den Mädchen angefreundet. Die zwei jüngeren Mädchen waren etwa in meinem Alter und so spielten wir bald zusammen. Auf unserer Seite der Baracke gab es ein Kriegerdenkmal: ein großer Stein mit den Namen der Gefallenen aus dem Ersten Weltkrieg. Um das Denkmal war ein hoher Eisenzaum mit einer kleinen Pforte gebaut. Auf dem Gelände standen ein paar Bäume. Ab und zu brachten Leute ein paar Blumen zu der Gedenkstätte.

An der Baracke war ein Brunnen, der uns mit Wasser versorgte. Später bekamen beide Familien eine eigene Pumpe.

Mein Vater baute an die Baracke einen Stall, damit wir ein Schwein und ein Schaf halten konnten. Auf unserer Hofseite baute mein Vater zudem ein

Häuschen mit Herz in der Tür. Ich mochte nie auf dieses Plumpsklo gehen, denn ich hatte immer Angst, dass ich durch das Loch in die Grube fallen könnte. Das Loch in dem Brett war ziemlich groß und der Deckel zum Öffnen sehr schwer. An einer Wand war ein Nagel und daran hing Zeitungspapier. Wenn ich den Deckel hochnahm, konnte ich unten die Klomaden rumkrabbeln sehen. Ich dachte immer, sie kämen an meinen Popo. Ein fürchterliches Gefühl.

Doch es ließ sich ja nicht vermeiden. Wieder einmal musste ich aufs Klo. Meine Eltern hatten in der Zwischenzeit schon Hühner und einen Hahn angeschafft. Der Hahn konnte mich nicht leiden und versperrte mir stets den Weg zum Klohäuschen. Einmal passte er aber nicht auf und ich nutzte die Chance, scheinbar unbemerkt zum Klohäuschen zu laufen. Doch kaum war ich im Häuschen verschwunden, stand der Hahn schon vor der Tür und krähte als wollte er sagen: „Ich krieg dich doch!“ Ich stellte mich auf meine Zehenspitzen, um durch das kleine Herzloch nach meiner Mutter zu rufen, damit sie mich von der Bedrängnis durch den Hahn befreien würde. Aber meine Mutter schimpfte nur und sagte: „Stell dich nicht so an, der Hahn tut dir schon nichts!“ Also fasste ich meinen ganzen Mut zusammen und trat vor die Tür. Prompt saß der Hahn auf meinem Kopf. Meine dünnen Zöpfe und der Kamm, den ich oben auf dem Kopf zu einer Rolle gewickelt trug, flogen nur so hin und her. Seinen Krallen hatten sich in meinen Haaren verfangen und seine Flügel schlugen mir ins Gesicht. Ich schrie aus Leibeskräften, denn es tat auch ziemlich weh. Meine Mutter eilte mir endlich zu Hilfe.

Am nächsten Sonntag gab es dann Hühnersuppe und der Hahn war seltsamerweise verschwunden.

Küken und Wolle

Wir Kinder mussten aus einer Brüterei in Drantum Küken holen, die meine Mutter dann großzog. Die Küken kamen in einen Karton mit Stofffetzen, damit sie es warm hatten, und der Karton wurde in die Nähe des Kohleherds gestellt. Manchmal habe ich vor dem Karton gelegen und einfach zugehört, wie die Küken piepsten. Ich dachte, sie sprechen sich gegenseitig Trost zu, weil sie ohne ihre Mutter aufwachsen mussten. Die Küken waren so niedlich in ihrem gelben Federkleid. Wenn sie größer wurden, kamen sie in den Stall. Manches Huhn flog auch zum Fenster herein und legte dann im Bett seine Eier. Ab und zu verschwand ein Huhn und legte beim Nachbarn die Eier. Darüber war meine Mutter immer sehr verärgert.

Meine Mutter hatte ein Spinnrad und spann selbst die Wolle von unserem Schaf. Wir mussten ihr dabei helfen und die Wolle vorher kämmen, sodass meine Mutter daraus einen Faden drehen konnte. Am Spinnrad war eine Spule, dort drehte sich die Wolle zu einem Knäuel auf. Ab und zu durfte ich auch den Faden halten und auf die Pedale treten. Von der Schafwolle hat meine Mutter Strümpfe gestrickt. Die Strümpfe kratzten ganz fürchterlich auf meiner kaputten Haut. Ich bekam aus der Wolle auch ein Leibchen gestrickt, daran kamen Gummibänder mit kleinen Löchern. An den Strümpfen war auf einer Seite ein Knopf angenäht, damit konnte man die Strümpfe befestigen.

Hannelore und ich mussten ab und zu das Schaf hüten. Es bekam ein Tau um den Hals, und in die Erde kam ein Eisenstab, an dem das Schaf festgebunden wurde. So konnte es nicht weglaufen und doch in Ruhe grasen. Wir lagen derweil im Gras und schauten den Wolken hinterher. Manchmal haben wir uns zu den Wolken, die am Himmel schwebten, auch Figuren ausgedacht.

Wenn die gelben Butterblumen blühten, banden wir uns davon Blumenkränze und setzten sie voller Stolz auf unsere Köpfe. Oder wir flochten uns davon Ketten, die wir um den Hals trugen.

Wenn wir nach Hause kommen sollten, rief unsere Mutter von der Baracke aus nur „Huhu" und wir wussten, es wird jetzt Zeit, nach Hause zu gehen.

Einmal haben wir Rebhühner-Küken gefangen. Wir dachten, wir würden unserer Mutter damit eine Freude machen. Sie schimpfte uns nur aus, weil die Küken ohne Mutter nicht überleben würden, und wir mussten die Küken wieder dahin bringen, wo wir sie gefangen hatten. Ich glaube, die Küken haben es nicht überlebt.

Unsere Baracke hatte vier Zimmer. Ein Zimmer teilten sich Luise und Elli. Luise hatte Nachricht erhalten, dass ihr Mann in französischer Gefangenschaft an Hungertyphus gestorben war. Sie lernte einen neuen Mann kennen und auch Elli hatte bald einen Freund. Die beiden Schwestern teilten sich ihr Zimmer mit Wolldecken als Trennwand, um etwas Privatsphäre zu haben. Ellis Freund hatte meine Mutter schon gekannt, bevor Elli ihn zu Hause vorstellte. Meine Mutter konnte, wie bereits gesagt, gut singen, und Kurt war wie sie in Schneiderkrug im Kirchenchor. Der Gottesdienst dort wurde immer noch in der Gastwirtschaft ‚Uptmoor' in Schneiderkrug abgehalten.

Schon bald heirateten meine großen Schwestern und zogen aus unserer Baracke aus. Meine Eltern nutzten den Raum dann als ihr Schlafzimmer.

Brandblasen

Ein Zimmer unserer Baracke wurde als Küche eingerichtet. Apfelsinenkisten dienten als Topfschrank. Meine Mutter nähte aus Stoffresten einen Vorhang, damit sah alles wohnlicher aus. Der Kohleherd hatte mehrere Kochstellen. Eine Kochstelle hatte mehrere Ringe in der Herdplatte, die man entfernen konnte. Für jeden Topf die richtige Größe.

Meine Mutter hatte einen Topf mit Wasser auf den Herd gestellt. Sie hatte Waschtag und dazu brauchte sie offensichtlich noch heißes Wasser. Derweil war sie draußen und hängte die Wäsche auf die Leine.

Ich war allein in der Küche, das Wasser fing zu kochen an. Die aus dem Topf hervorquellenden Wasserperlen tanzten auf der Herdplatte weiter, zischten und kullerten umher – und ich bekam große Angst. Immer mehr Wassertropfen quollen empor. So nahm ich mit meinen bloßen Händen den schweren Topf vom Herd. Dabei ergoss sich das kochende Wasser über meine Hände. Ich stieß das zum Hof gehende Küchenfenster auf und heulte fast ohnmächtig vor Schmerzen. Meine Mutter dachte, ich hätte mir die Finger geklemmt, und schimpfte mit mir von draußen. Sie rief mir zu: „Mach das Fenster richtig zu!“

Ich schrie: „Ich habe mich nicht geklemmt, ich habe mich verbrannt!" Da ich immer noch vor Schmerzen schrie, kam sie rein und sah, was geschehen war. Ich sollte meine Hände in einen Sack mit Futtermehl stecken, um den Brandschmerz zu stillen. Aber der Schmerz ließ nicht nach und so lag ich in der Küche am Boden und wimmerte. Meinen Daumen, an dem ich sonst genuckelt habe, konnte ich zur Beruhigung jetzt nicht benutzen, auch er war verbrannt. So bekam ich einen Schnuller mit Zucker gefüllt, der am Ende mit einem Korken verschlossen war. Er tröste mich nicht. So verbrachte ich die ganze Nacht mit Schmerzen und Wimmern.

Am nächsten Tag kam endlich der Arzt und umwickelte meine Hände mit Brandbinden. Das brachte endlich etwas Linderung. Später bildeten sich große Wasserblasen auf den Fingern und auf meinen Handrücken. Meine Finger schwollen zur doppelten Dicke an. Der Arzt hat die Blasen später aufgestochen. Narben habe ich keine behalten.

Leider konnte ich eine ganze Reihe von Tagen nicht zur Schule gehen, konnte ich doch keinesfalls einen Griffel halten.

In der Küche stand auf einem Schemel ein Eimer mit frischem Wasser. Auf der anderen Seite des Herds stand der Eimer mit Schmutzwasser. Wenn wir, Hannelore und ich, abwaschen mussten, konnten wir das Wasser in den Schmutzwassereimer gießen. Die Jungs mussten den Eimer, wenn er voll war, rausbringen. Ab und zu, wenn die Brüder nicht da waren, mussten wir Schwestern Wasser von der Pumpe hereinholen. Dann pumpte ich und Hannelore hielt den Eimer. Hereingetragen haben wir ihn sicherlich beide. Manchmal, wenn wir nicht zusammen Schritt hielten, floss auch Wasser über unsere Füße.

In jedem Zimmer war ein Kanonenofen. Im Winter, wenn es früh dunkel wurde, wurde die Klappe des Ofens aufgemacht und der Feuerschein leuchtete in den Raum. Manchmal saßen alle Verwandten mit uns zusammen und es wurde von der Heimat erzählt. Es wurde gemeinsam gesungen und es wurden Schauergeschichten erzählt. Von der schwarzen Dame, die den Menschen im Wald beim Blaubeerenpflücken über den Weg lief. Ich habe mich immer gefürchtet, aber spannend war es trotzdem.

Elektrisches Licht hatten wir noch nicht, dafür aber Karbidlampen. Wenn die Mischung nicht stimmte, fing die Lampe mit einem Mal an zu zischen und die Flamme vergrößerte sich. Mein Vater öffnete dann schnell das Fenster und schmiss die Lampe nach draußen, bevor sie explodierte.

Die Mutter und die Schwester meiner Mama, Tante Elfriede, wohnten auch in Drantum, bei Giese unterm Dach, und kamen uns oft besuchen. Meine Oma nannten wir ‚Mutti'. Sie wollte keine Oma sein. Später kam mein Onkel und sie sind dann zusammen nach Höltinghausen gezogen.

Mein erstes Erlebnis mit einem Trauerfall in unserer Familie war, als unsere Mutti, also meine Oma, 1948 starb. Ich wusste zuerst nicht, warum alle Familienmitglieder traurig waren und meine Mama weinte. Aus Mitgefühl wurde auch ich traurig und weinte und weinte und konnte nicht mehr aufhören. Mama nahm mich später auf ihren Schoß und wiegte mich hin und her und sagte: „Meine Kleine, nun hast du genug geweint. Mutti ist gestorben und sie ist jetzt im Himmel und hat keine Schmerzen mehr."

Mama und ich hatten Mutti zuvor in Cloppenburg im Krankenhaus besucht.

Mein Opa mütterlicherseits ist noch nicht mal fünfzig Jahre alt geworden und in Jasenitz gestorben. Die Eltern von Papa sind auch noch in Jasenitz gestorben und sind auch dort beerdigt.

Weihachten in der Baracke

So kam schon bald wieder die Weihnachtszeit.

In der Adventszeit war es bei uns immer geheimnisvoll. Es wurde gebastelt, gehäkelt oder gestrickt. Meine Geschwister haben mich das Häkeln und Stricken gelehrt. Zuerst dachte ich, ich würde es nie lernen, denn ich strickte alles viel zu eng. Ich musste alles wieder aufräufeln und von vorne anfangen. Dann war alles zu locker. Ich musste so lange üben, bis es auch Mama gefiel. Endlich war alles gut und ich habe heimlich aus bunten Wollresten für Mama Topflappen gehäkelt. Ich wollte zu Weihachten auch etwas Eigenes verschenken.

Meine Mutter putzte die Wohnung zu Weihnachten immer besonders blitzblank. Am liebsten hielt ich mich bei ihr in der warmen Küche auf. Wenn meine Mutter Kuchen oder Kekse backte, wartete ich wie jedes Jahr sehnsüchtig darauf, die Schüssel auslecken zu dürfen.

Im Winter gingen meine Brüder und mein Vater in den Wald und rodeten Stubben, Baumstümpfe, damit wir etwas zum Heizen hatten. Sie sind auch ins Moor gegangen und haben Torf gestochen. Mein Vater musste neben seiner täglichen Arbeit und seiner Hilfe für die Familie seinen Meister als Maurer noch einmal vor der Handwerkskammer Oldenburg ablegen, da er keinen Beleg hatte, dass er bereits in Jasenitz als Maurermeister tätig gewesen war.

Der Heilige Abend rückte näher. Mein Vater holte aus dem Wald eine kleine Fichte. Unser erster eigener Tannenbaum. Für einen großen Baum, wie wir ihn zu Hause in Jasenitz gehabt hatten, war in der Baracke kein Platz.

Meine Mutter schmückte den Baum mit Schokoladenringen und Lametta. Später kamen noch Kugeln hinzu. Auf die Zweige setzte sie kleine Wachskerzen, damit sah der Tannenbaum wunderschön aus. Natürlich durften wir den geschmückten Tannenbaum nicht vor der Bescherung sehen, er kam in die kleine Stube. Ich versuchte, durch das Schlüsselloch etwas zu entdecken, was mir leider nicht gelang. Das Schlüsselloch hatten meine Eltern, die die Neugierde ihrer Kinder ahnten, von der Stubenseite mit einem Wattebausch zugestopft.

Bevor wir in die Weihnachtsstube durften, mussten wir entweder ein Weihnachtslied singen oder ein Gedicht aufsagen.

Unsere Geschenke lagen beim Betreten der Weihnachtsstube unter dem Weihnachtsbaum. Mein Gedicht war wohl besonders schön, denn ich bekam vom Weihnachtsmann eine große Puppe. Sie war in einem Karton mit durchsichtigem Deckel verpackt.

Sie hatte blonde Haare genau wie ich. Ihre Arme und Beine waren beweglich und wenn ich sie hinlegte, machte sie die Augen zu und sagte „Mama“. Sie hatte ein hellblaues Kleid mit weißer Spitze und weiße Schuhe an den Füßen. So eine Puppe hatte ich mir schon lange gewünscht. Sie war wunderschön ... und ich war überglücklich.

Vom Weihnachtsmann bekamen wir immer alle ein Geschenk. Meine Mutter ermöglichte das immer wieder, auch wenn sie kein Geld hatte. Sie ging zu den Geschäften, kaufte ein und bezahlte das ganze Jahr über den Betrag ab. Es gab für sie kein größeres Glück, als Kinderaugen strahlen zu sehen. Die ganze Familie saß am Heiligen Abend zusammen und mir war es, dass es nirgendwo feierlicher sein könnte als bei uns in der kleinen Stube, wo auch noch das Feuer im Ofen flackerte. Wir sangen gemeinsam Weihnachtslieder und Horst spielte auf der Mundharmonika dazu. So haben wir es auch später gehalten: Alle Kinder kamen mit ihren Familien Weihnachten nach Hause.

In den nächsten Tag spielte ich viel mit meiner neuen Puppe und mochte sie gar nicht aus den Augen lassen. Sehr oft saß die Puppe auf meinem Schoß. Ich schaute mit ihr zusammen aus dem Fenster und wir freuten uns über die Schneeflocken, die leise von Himmel fielen.

Der Tannenbaum blieb immer bis zum 10. Januar stehen, dann hatte Horst Geburtstag. Erst jetzt durften wir den Tannenbaum abschmücken. Natürlich wanderte so manches Stück Schokolade in unseren Mund, falls die zweibeinigen Mäuse bis dahin noch etwas übrig gelassen hatten. Meine Brüder waren größer und kamen – anders als ich – auch an die Tannenbaumspitze.

Das Lametta wurde beim Abschmücken säuberlich zusammengelegt. So hatten wir im nächsten Jahr wieder Baumschmuck.

Kinderleiden

Ich war bereits sieben Jahren alt, als ich im Februar 1949 nach Oldenburg ins Kinderkrankenhaus musste, weil mein Ekzem sehr schlimm geworden war. Ich durfte meine Puppe dorthin mitnehmen. Doch meine Freude währte nicht lange. Da ich die Puppe natürlich nicht mit in mein Bett nehmen durfte, wurde sie zwischen die Flügel eines Doppelfensters gesetzt, wie man sie heute nur noch ganz selten sieht. So konnte ich meine Puppe wenigstens sehen.

Ich lag mit vielen Kindern in einer Art Wintergarten. Eines Tages wurde das Fenster geöffnet und durch einen Luftzug flog das Innenfenster auf und meine wunderschöne Puppe fiel herunter und zerbrach in tausend Stücke. Ich war untröstlich, meine Trauer riesengroß. Meine schöne Puppe! Eine Krankenschwester holte nur Handfeger und Schaufel und kehrte die Scherben meiner Puppe einfach auf und schüttete sie in den Müll.

In den nächsten Tagen bekam ich Fieber und niemand konnte sich erklären warum. Meine Mutter musste kommen, doch sie durfte nicht zu mir.

Ich wäre am liebsten nach Hause gelaufen, aber ich konnte ja nicht. Am nächsten Tag kam meine Mutter wieder, aber sie durfte auch jetzt nicht zu mir, um mich zu trösten. Sie musste draußen vor dem Fenster stehen und zusehen, wie ich weinte. Immer wieder rief ich: „Mama! Meine Puppe!“ Doch sie konnte mich nicht verstehen, denn die Scheiben waren viel zu dick. Das Heimweh war sehr groß, ich wollte nur nach Hause.

Doch so schnell wurde ich nicht gesund und so eine schöne Puppe habe ich nie mehr wieder in meinem Leben bekommen.

Einmal hat mich auch meine Schwester Elli im Krankenhaus besucht. Auch sie durfte nur draußen vor dem Fenster stehen. Es hat fürchterlich geschneit und sie sah bald aus wie ein Schneemann. Sie hatte jetzt auch eine kleine Tochter, die Asthma hatte. Die lag auch im Krankenhaus. Nachts bin ich zu ihr gegangen und habe sie getröstet, wenn sie geweint hat. Sie war doch noch so klein. Anschließend bin ich wieder in mein Bett gekrochen und habe leise vor Heimweh in mein Kissen geweint.

Nach etlichen Wochen durfte ich endlich wieder nach Hause. Gesund war ich noch nicht, deshalb musste ich zu Hause noch einige Zeit das Bett hüten. Wenn es schneite, schaute ich voller Sehnsucht aus dem Fenster. Ich sah die anderen Kinder draußen spielen, sie machten eine Schneeballschlacht. Gerne hätte ich mit ihnen einen Schneemann gebaut. An den Dachrändern hingen lange Eiszapfen.

Die Kinder brachen sie ab und lutschten daran. Später habe ich es auch einmal probiert. Es schmeckte nach nichts, aber ich bildete mir ein, es wäre Eis am Stiel.

Die Ärzte waren der Meinung, dass sich mein Leiden wohl legen würde, wenn ich älter sein würde. Leider hat sich das nicht bewahrheitet. Ich musste immer öfter nach Oldenburg zur Behandlung. Meine Mutter und ich fuhren mit dem Zug von Schneiderkrug. Nach Schneiderkrug zum Bahnhof, den es schon lange nicht mehr gibt, sind wir immer zu Fuß gegangen. Manchmal ist mir das sehr schwergefallen. Sicherlich habe ich Mama häufig genervt, wenn ich fragte: „Mama, wann sind wir denn da?" Meine Mutter hat mich immer getröstet und gesagt: „Gleich sind wir da."

Manchmal mussten wir warten und saßen dann im kleinen Wartesaal im Bahnhof in Schneiderkrug und langweilten uns. Im Oldenburger Bahnhof gab es einen großen Wartesaal. Die Wände waren gelblich gestrichen und die Decke endlos hoch, es roch heftig nach Zigarettenrauch. An einem Kleiderständer hingen ein paar Zeitungen. Überall standen braune Tische und Stühle. An einem Tresen konnte man sich etwas zu essen oder trinken holen. Dort hatte ich Zeit, die Leute zu beobachten. Manche lasen nur eine Zeitung oder aßen eine Kleinigkeit oder schauten sich wie ich die anderen Reisenden an.

Der Zug, mit dem wir fuhren, hatte Holzbänke wie der Zug, mit dem wir damals nach Drantum gekommen waren. Die Fahrt nach Oldenburg war für mich nicht langweilig. Unterwegs gab es so viel zu entdecken. Auf den Weiden, die vorüberzogen, grasten Kühe, die ich zählte. Manchmal habe ich auch nur so aus dem Fenster geschaut und ein Lied gesummt. Immer wieder habe ich die Bahnhöfe gezählt, die noch kamen, bis wir aussteigen mussten. Ab und zu erzählte mir meine Mutter eine Geschichte, dann kuschelte ich mich an sie und sie kraulte mir meinen Rücken. Gelegentlich bin ich auch eingeschlafen und Mama musste mich wecken. Sie sagte: „Ingelein, wir müssen jetzt aussteigen!

Vom Bahnhof aus mussten wir noch mit einem Trollibus fahren; das war ein Bus mit einer Elektrooberleitung, die es damals noch in Oldenburg gab, bis wir zu der Haltestelle kamen, wo sich die Praxis des Arztes befand.

Wieder einmal musste ich zu diesem Arzt. Er ermahnte mich, ich solle keine Äpfel „klauben", denn rohe Äpfel seien nicht gut für meine Haut. Als wir wieder vor der Tür waren, sagte ich ganz entsetzt zu meiner Mutter: „Ich klaue doch keine Äpfel!" Ich hatte „klauen" statt „klauben" verstanden.

Meine Mutter lachte und sagte zu mir: „Du Schaf, er meinte doch, du sollst keine Äpfel aufsammeln und sie essen.“ Ich verstand den Unterschied damals nicht, wunderte mich nur, woher der Doktor wusste, dass wir uns heimlich Äpfel besorgt hatten.“

Wenn wir in Oldenburg auf dem Bahnsteig standen und der Zug langsam einlief, wurde es immer sehr laut. Die Lokomotive fauchte und pfiff, die großen roten Räder drehten sich langsam voran. Es hörte sich immer an, als würden sie stöhnen: „Ich schaff es nicht, ich schaff es nicht.“ Manchmal schaute aus der Lokomotive ein Mann heraus, dessen Gesicht ganz schwarz war. Ich ergriff dann schnell die Hand meiner Mutter, denn ich hatte Angst vorm ‚schwarzen Mann‘.

Einmal ist meine Mutter mit mir in Oldenburg in ein Kaufhaus gegangen. Ich bekam einen neuen Mantel und einen roten Hut. Auch neue Schnürschuhe aus Leder. Ich war sehr stolz und habe diesen Hut sehr lange getragen. Immer wenn es hieß „Wir fahren nach Oldenburg“, hatte ich meinen Hut schon auf dem Kopf.

Kinderspiele und Streiche

Mein Bruder Horst hat Hannelore und mir das Tanzen beigebracht. Er spielte auf seiner Mundharmonika und zeigte uns, wie man die Schritte beim Walzer und anderen Tänzen setzt. So haben wir beide tanzen gelernt und ihm hat es Spaß gemacht, uns etwas beizubringen.

Der Frühling kehrte wieder zurück und wir Kinder spielten draußen. Es gab überall in den Wiesen kleine Wasserstellen und Seen. Wir sammelten in einem Weckglas Kaulquappen und brachten sie mit nach Hause. Es war interessant zu sehen, wie kleine Frösche daraus wurden. Im Desum sammelten wir Wiesenschaumkraut oder Himmelschlüsselchen. Mit nach Hause brachten wir auch ausgebuddelte Schwertlilien. Wir dachten, sie würden wohl auch in unserem Garten wachsen, was sich natürlich als Irrtum herausstellte.

Wenn die Zeit der Maikäfer kam, haben wir sie gefangen und in einer Streichholzschachtel mit einem Eichenblatt zusammen eingesperrt. Wir haben damit auch unsere Hühner gefüttert, bis sie so satt waren, dass sie keine mehr mochten. Manchmal haben wir die Maikäfer mit zur Schule genommen, um sie während des Unterrichts zum Unmut des Lehrers fliegen zu lassen.

In der Zwischenzeit hatten wir einen anderen Lehrer bekommen, der von unseren Streichen nicht sehr erbaut war. Er fing sofort zu schimpfen an und hatte seinen Rohrstock immer dabei. Er schlug schon mal zu, auch wenn man keine Schuld hatte.

Adolf W. war unser Clown in der Schule. Er musste oft hinter der Tafel stehen. Einmal mussten wir ein Diktat schreiben und Adolf hatte dazu keine Lust. So musste er wieder hinter die Tafel. Aber auch dort gab er keine Ruhe. Er hopste von einer Seite zur anderen und guckte Grimassen schneidend zu uns herüber. Wir konnten uns nicht konzentrieren und mussten lachten. Dem Lehrer wurde es zu dumm und er rief: „Adolf, du Karnickel, mach, dass du rauskommst!“ Die Betonung lag auf dem Wort ‚Karnickel‘. Wir haben oft das Wort betont nachgesprochen und darüber gelacht.

Wenn der Lehrer gut gelaunt war, sind wir alle mit ihm nach draußen gegangen und er hat uns erklärt, welcher Vogel gerade singt. Wir wurden gefragt, wie wohl der Buchfink singt. Eifrig meldete ich mich und erklärte ganz stolz: „Schiet in Heu“, denn meine Mutter sagte, wenn der Buchfink singt „Schiet in Heu“, dann wird es Frühling. Der Lehrer wollte so etwas nicht hören. Durch seine Handbewegung war mir klar, es war falsch, ich war sehr enttäuscht. Mama hatte doch nichts Falsches gesagt?

Wir lernten auch viele Volkslieder, und wenn wir Heimatkunde hatten und nach draußen gingen, mussten wir die Lieder singen. Wir mussten uns immer zu zweit aufstellen und im Gleichschritt gehen und der Lehrer mit seinem Rohrstock ging nebenan.

Wenn wir Erdkunde hatten, faszinierten mich die großen bunten Landkarten. Die größeren Jungen mussten sie immer aufhängen. Mit dem Zeigestock mussten wir die Länder anzeigen, die der Lehrer abfragte.

Lehrer Lange hatte im April Geburtstag und Hannelore und ich hatten ihm Osterglocken zum Geburtstag geschenkt. Er war gerührt, als wir ihm die Blumen brachten. Oft beschimpfte er meine Familie und meinte, es wäre eine „Sauwirtschaft" bei uns, weil ich sehr oft krankheitsbedingt fehlte. Er hatte ja keine Ahnung und eine Entschuldigung brachte er nicht über seine Lippen.

Meine Schwester Elli schenkte mir eines Tages einen bunten Ball. Ich war überglücklich. So konnten wir gemeinsam mit den Nachbarkindern Ball spielen. Wir spielten mit dem Ball an die Wand zehnmal hintereinander: Knete, Bete, Kopf, Arm und Knie. Hatte man es nicht geschafft und der Ball fiel runter, kam der Nächste dran.

Mittlerweile wurde Elke meine Freundin und wir spielten viel zusammen. Ihre Eltern hatten ein kleines Obst- und Gemüsegeschäft. Sie verkauften auch Fisch. Wenn Elke wusste, dass die Eltern wegfuhren – sie hatten schon ein dreirädriges Auto –, stellte sie die Fensterhebel im Laden so, dass sie das Fenster von außen öffnen konnte. Wenn wir wussten, wir sind allein und uns beobachtet keiner, stieg Elke durch das Fenster und holte uns Sahnebubeis oder auch mal Obst. Genüsslich haben wir es dann verzehrt. Dafür bekam Elke von mir eine Scheibe Brot mit Margarine und Zucker.

Auf dem Hof standen viele große Holzkisten, in denen Bananen transportiert worden waren. Zudem gab es große Apfelsinenkisten aus Holz. Diese Kisten ließen sich wunderbar stapeln und so haben wir uns damit eine Höhle gebaut. Dort hinein haben wir uns gerne verkrochen und gespielt. Manchmal kamen auch die anderen Mädchen dazu. Wir tauschten dann Glanzbilder. Diese kamen meistens in ein Lesebuch und man musste raten, in welcher Seite sie steckten. Hatte man richtig geraten, gehörte einem das Glanzbild. Es gab wunderschöne Glanzbilder, die Engel- und Blumenglanzbilder mochte ich besonders gerne.

Wir sammelten auch Scherben und spielten damit Hinke-Pinke. Man malte sich ein Feld in den Sand und schob mit einem Fuß die Scherbe weiter, natürlich auf einem Bein. Später kamen auch noch die Murmeln hinzu. Man machte mit den Hacken ein kleines Loch in die Erde und ging zehn Schritte weg davon und malte mit einem kleinen Stock einen Strich in den Sand. Von dort aus musste man versuchen, die Murmel in das Loch zu treffen. Wer seine Murmel am nächsten ans Loch geworfen hatte, fing an. Abwechselnd wurde versucht, die Murmeln in das Loch zu kullern. Hatte man es geschafft, gingen sie in den Besitz des Werfers über. Die Murmeln nahmen wir auch mit zur Schule und in den Pausen spielten wir mit den anderen Kindern. Ab und zu hatte ich Glück, dann kam ich durch geschicktes Werfen in den Besitz einer Glaskugel oder wir haben getauscht: zehn Tonkugeln gegen eine Glaskugel. Nicht oft hatte ich das Glück, denn jedes Kind war stolz auf seine Glaskugeln. Meine Mutter hat mir einen kleinen Stoffbeutel genäht, in dem ich die Murmeln besser aufbewahren konnte.

Im August, bevor das Korn gemäht wurde, haben wir uns darin versteckt. Meine älteste Schwester hat sich verkleidet und hat uns dann Angst gemacht. Sie sagte, gleich kommt die Kornmuhme und holt euch, wenn ihr nicht sofort aufhört, darin zu spielen. Sie hatte ja recht; dass wir das Korn runtertraten, es damit kaum mehr zu mähen war, kam uns nicht in den Sinn, es machte einfach nur Spaß.

Wenn das Korn gemäht war, banden die Feldarbeiter Garben und stellten sie als ‚Hocken' auf. Auch das war ein schönes Versteck für uns Kinder. Wir spielten Verstecken und zählten ab: „Ene, mene Muh, und raus bist du." Das Kind, das übrig blieb, musste alle anderen suchen. Wenn es uns nicht fand, liefen wir zur Wand und riefen: „Anschlag, für mich!" Somit war man frei und brauchte nicht suchen.

Als der Herbstwind wehte, wollte ich auch gerne einen Drachen steigen lassen. Aber für einen gekauften Drachen hatte ich kein Geld. So haben Hannelore und ich leere Zementtüten genommen, die im Stall lagen, auseinandergeschnitten. Hans schnitt uns Zweige vom Haselnussstrauch, wir brauchten einen langen und einen kurzen Stock. Beide Stöcke wurden mit einer Maurerschur so zusammengebunden, dass sie ein Kreuz bildeten. Zur Stabilität legten wir noch eine Schnur um das ganze Holzkreuz. Das Kreuz legten wir dann auf das Zementpapier. Die Außenseiten wurden mit Mehlkleister beschmiert und angedrückt. Für den Schwanz nahmen wir ein Stück Band und befestigten Schleifen aus Zementtüten daran. Jetzt musste nur alles trocknen.

Wir waren auf unser Werk sehr stolz und neugierig, ob unser Drachen wohl fliegen würde. Aber zu unserem Bedauern klappte es nicht. Der Drachen war einfach zu schwer.

Am Feldweg gab es einen Wall, auf dem wilde Kirschbäume standen. Wenn die Kirschen reif waren, kletterten Elke und ich in die Bäume und ließen uns die Kirschen schmecken. Mit den Kernen übten wir Kirschkernweitspucken.

Einmal kam Landwirt Feldhaus, wir hatten ihn schon von Weiten kommen sehen. Er wollte wohl sein Feld begutachten, das an den Wall grenzte. Wir saßen nun oben im Kirschbaum und bekamen Herzklopfen. Hoffentlich würde er uns nicht entdecken! Er ging unten immer auf und ab und murmelte vor sich hin: „Geit nich, geit nich, geit nich, dat ich dusent Mark!“ Der Bauer hatte nur Töchter und sicher wollten die zukünftigen Schwiegersöhne als Mitgift so viel Geld.

Wir hielten uns vor lachen den Mund zu, und als er gegangen war, äfften wir seine Sprache nach. Die Kirschen schmeckten danach noch einmal so gut. Er konnte uns nicht entdecken, denn das Blätterdach war dicht genug, wie wir später festgestellt haben.

Das Radfahren hat mir mein Bruder Hans beigebracht. Er hatte schon ein Herrenfahrrad. „Komm“, sagte er, „du musst nur das rechte Bein da unten durchstecken und dich am Lenker festhalten.“

Er hielt das Rad am Sattel fest. So versuchte ich zu treten und das Rad rollte los. Es machte Spaß.

„Hältst du mich auch wirklich fest?“, fragte ich ihn.

Er rief: „Schau nur nach vorne! Und du musst kräftig treten!“

Einmal ließ er mich doch los und ich fuhr allein weiter. Mama war gerade im Garten am Wäscheaufhängen. Überglücklich rief ich: „Hallo, Mama, guck mal!“

Und schon war ich umgefallen. Ich hatte gemeint, unbedingt noch winken zu müssen. Das Weinen musste ich mir verkneifen, sonst hätte meine Mutter mir das Radfahren verboten. Mein Knie hatte ein paar Kratzer abbekommen, aber sonst hatte ich mir nichts getan. Immer wenn sich die Gelegenheit bot, habe ich es allein versucht. Mit der Zeit klappte es immer besser.

Ab und zu spielte ich auch mit einer alten Fahrradfelge. Ich suchte mir einen kleinen Stock und schlug kräftig an die Felge und schon kullerte sie los.

In den Sommerferien kamen auch Edda und Manfred, die Kinder meiner großen Schwester Marga, nach Drantum. Wir spielten schön zusammen, weil wir fast gleich alt waren: Edda und ich und Herbert und Manfred.

Mein Vater hatte für uns hinterm Haus eine Schaukel gebaut. Auch dort spielten wir oft.

Leider musste ich viel zu oft das Bett hüten, da meine Haut mich dazu zwang. Oft kam dann Elke und saß an meinem Bett und leistete mir Gesellschaft. Zumeist spielten wir Karten, meine Mutter hatte mir Canasta beigebracht und ich brachte es wiederum Elke bei. Meine Mutter versorgte uns auch mit Essen, manchmal gab es Vanillepudding, was uns besonders gefiel. Ab und zu schlief Elke auch bei uns. Meine Mutter zeigte uns mit ihren Händen, wie man Schattenspiele an den Wänden gestaltete. Einmal einen Hahn, ein anderes Mal einen Adler. Auch zeigte sie uns, wie man mit Scherenschnitt Figuren zaubern konnte.

Leider haben Elke und ich uns später aus den Augen verloren.

Kartoffelerntezeit

Es wurde wieder Herbst und die Erntezeit brach an, damit die Zeit zum Kartoffelsuchen. Manche Bauern brauchten Hilfe, und so bot sich auch uns Flüchtlingskindern die Chance auf einen Verdienst. Nach der Schule gingen wir gleich auf die Äcker zum Kartoffelsuchen.

Ich durfte eigentlich noch nicht mit, aber ich habe so lange gebettelt, bis Mama mich gehen ließ. Meine Schwestern Hannelore und Luise nahmen mich fortan des Öfteren mit. Ich half ihnen, so gut ich konnte. Die Drahtkörbe waren ganz schön schwer. Nach dem Auflesen musste man die Kartoffeln auf einen großen Haufen mitten auf dem Acker ausschütten.

Manchmal bin ich barfuß gegangen, wenn die Sonne die Erde noch genügend wärmte. War es zu kühl, habe ich Holzschuhe getragen. Manchmal haben sie gedrückt, wenn sie zu klein wurden. Doch dann habe ich schnell neue bekommen.

Die frisch aufgebrochene Erde des Kartoffelackers roch würzig. Der Acker war in Pfänder geteilt. Es waren viele Leute auf dem Acker, vor allem ganz viele Flüchtlingsfrauen mit ihren Kindern waren beim Kartoffelsuchen. Sie bekamen Geld und Essen dafür. Ich habe mich nur auf das Essen gefreut.

Bei manchen Bauern war der Knecht mit seinen Pferden und dem Kartoffelroder schon wieder da, obwohl wir die Kartoffeln der vorherigen Runde noch nicht alle aufgesammelt hatten. Es kam auch vor, dass alle Leute streikten, wenn der Bauer seine Pferde zu schnell antrieb. Wir haben dann dankend abgelehnt, wenn er uns noch einmal brauchte.

Bei den Bauern, wo wir vorher gewohnt hatten, gab es an solchen Tagen immer das beste Essen. Darum halfen wir dort gerne beim Kartoffelsuchen. Zur Kaffeezeit kamen die Mädchen vom Hof mit ihren Fahrrädern und brachten wieder das bekannte Weißbrot und Schwarzbrot mit den rohen Schinken dazwischen sowie gesüßten Milchkaffee in großen Milchkannen. Mein Herz sprang schon vor Freude, wenn ich sie entdeckte. Die Kannen hingen rechts und links am Lenker und auf dem Gepäckträger war ein großer Korb. Im Korb waren Zuckerstuten oder auch Kartoffelstuten, sie waren besonders lecker. Alle Leute saßen am Feldrand und ließen es sich schmecken. Jeder konnte so viel essen, wie er wollte. Wir tranken den Kaffee aus emaillierten Blechbechern, an denen auch schon mal eine Ecke abgestoßen war.

Zum Feierabend wurden wir alle mit einem Leiterwagen abgeholt. Bis wir beim Hof ankamen, wurden unterwegs Heimatlieder gesungen. Einer brauchte nur ein Lied anstimmen und alle anderen sangen mit. Manches Lied kann ich heute noch singen.

Eines Tages, wir waren in der Heide auf einem Kartoffelacker, kam es, wie es kommen musste: Die frisch aufgepflügte Erde roch stark und ich bekam keine Luft mehr. Am Abend, als wir wieder mit dem Leiterwagen zum Hof fuhren, wo schon das tolle Essen auf uns wartete, wurde mir die Luft so knapp, dass ich bei jedem Atemzug ein Pfeifgeräusch von mir gab. Alle Leute fanden es lustig und lachten und sagten: „Inge, mache es doch noch einmal." Ich brauchte mich nicht anstrengen, es ging leider von allein.

Endlich kamen wir beim Hof an, wo wir schon erwartet wurden. In der Küche war eine lange Tafel aufgestellt, sodass alle daran Platz nehmen konnten. Es gab verschiedene Sorten Fleisch, Gemüse und Kartoffeln. Am besten hat mir immer der Milchreis geschmeckt. Wir haben noch Abendbrot gegessen und anschließend machten wir uns auf den Heimweg. Weil ich kaum noch Luft bekam und nicht mehr allein gehen konnte, musste mich meine Schwester Hannelore auf ihrem Rücken nach Hause tragen. Diesmal waren nur wir beide zusammen beim Kartoffelsuchen, meine Schwester Luise half bei einem anderen Bauern.

Was war es doch für Hannelore für eine schwere Last, mich zweieinhalb Kilometer zu tragen. Sie hatte ja den ganzen Nachmittag schon die schweren Kartoffelkörbe getragen. Es ging an diesem Abend auch kein Erwachsener in unsere Richtung, der hätte helfen können. So kamen wir beide erschöpft im Dunkeln zu Hause an.

Mama fragte: „Wo kommt ihr denn jetzt erst her?“ Erst da bemerkte sie, wie schlecht es mir ging. Ein Arzt musste gerufen werden. Ein Telefon hatten wir nicht, deshalb ging mein Vater zum Telefonieren zu Tabeling. Es dauerte eine Weile, bis Doktor Bruns kam, und ich bekam meine erste Spritze. Ich schrie: „Mama, er hat auf meinen Knochen gepiekt!“

Dann kam die Diagnose: Asthma. Bald ging es mir wieder besser. Doch das sollte nicht lange anhalten. Nun hatte ich beides: Asthma und Ekzem.

Die Asthmaanfälle kamen immer öfter. Jedes Mal bekam ich dann wieder eine Spritze. War das Asthma nicht so schlimm, war meine Haut kaputt und ich sah aus wie ein Streuselkuchen. Das wechselte sich immer wieder ab. Mal war das eine gut, dann das andere. Wenn andere Kinder draußen spielten, musste ich das Bett hüten. Wie gerne hätte ich mitgespielt.

Ein eigenes Haus und Schlachtfest

Mein Vater nahm 1951 seine Arbeit als Maurermeister wieder auf. Meine Brüder Alfred und Horst und später auch Hans und Herbert gingen bei meinem Vater in die Lehre.

In Emstek wurde eine Kirche für die evangelisch-lutherische Kirchengemeinde gebaut. Wir bekamen auch eine eigene Schule. Mein Vater hatte sehr viele Mitarbeiter, denn es wurden in dieser Zeit viele Häuser gebaut und für die Bauern viele Schweineställe. Manche Bauern mussten erst ihre Tiere verkaufen, damit sie meinem Vater die Arbeit bezahlen konnten. Es kam auch oft vor, dass statt mit Geld mit Schweinehälften oder Lebensmittel bezahlt wurde.

Wir bekamen vom Bauern Emke zweitausend Quadratmeter Land geschenkt. So konnte mein Vater für uns ein eigenes Haus bauen. Ein Haus ganz für uns allein!

Das Haus hatte vier geräumige Zimmer und oben noch eine kleine Wohnung. Im November 1951 sind wir aus der Baracke in unser Haus gezogen. Luise ist mit ihrem Mann oben eingezogen. Endlich hatten wir elektrisches Licht. In jedem Zimmer stand auch ein Ofen. Das Ofenrohr wurde mit Silberbronze angestrichen. Es sah schön aus, aber wenn der Ofen angeheizt wurde, hat es fürchterlich gerochen. Manchmal war so viel Feuer im Ofen, dass das Ofenrohr glühte. Es musste noch viel geheizt werden, damit die Wände austrockneten. Die Wände waren farbig gestrichen und als Verzierung war mit einer Rolle eine Borte mit Blumenmuster unterhalb der Decke andersfarbig angebracht.

Am Haus hat mein Vater auch einen Stall und eine Waschküche angebaut. In einer Ecke stand der große Waschkessel, den man beheizen konnte. Wenn Waschtag war, wurde die Wäsche mit einem Wäschestampfer bearbeitet. Kleinere Teile musste ich aus dem Kessel heben, das war ganz schön schwer. Wenn meine Mutter krank war, musste Hannelore die Wäsche waschen. Die großen Mädchen waren ja schon aus dem Haus. Zu zweit haben wir die großen Wäschestücke ausgewrungen. Hannelore nahm ein Ende vom Laken und ich das andere. Jeder musste dann rechtsherum drehen, sodass das Wasser herauskam. Eine Schleuder oder Wäschemangel gab es noch nicht beziehungsweise besaßen wir noch nicht. Hinterm Haus war eine Leine gespannt, dort wurde die Wäsche aufgehängt. Mit einer Holzstange wurde die Leine gestützt, damit die Wäsche nicht den Boden berührte. Im Winter kam die Wäsche auch nach draußen, manchmal war sie so steif gefroren, dass man sie hinstellen konnte.

Wir hatten natürlich auch eine Pumpe auf dem Hof. Wenn sie über Nacht eingefroren war, wurde am nächsten Tag kochendes Wasser oben hineingegossen oder es wurde Stroh um die Pumpe gewickelt und angesteckt.

Meine Mutter fütterte auch ein Schwein namens ‚Emil'. Zudem besaßen wir jetzt Kaninchen und Hühner.

Ab und zu mussten Hannelore und ich mit dem Fahrrad nach Emstek, um von der Mühle Futtermehl zu holen. Das war ganz schön anstrengend. Damit wir nicht den ganzen Weg zu Fuß gehen mussten, teilten wir uns das Fahrrad, das unseren Brüdern gehörte. Es war natürlich ein Herrenrad. Hannelore fuhr ein Stück, überholte mich und ließ das Fahrrad am Wegrand liegen, bis ich es erreichte. Dann fuhr ich ein Stück im Stehen, denn auf dem Sattel konnte ich nicht sitzen, er war viel zu hoch. So kamen wir in Emstek an. Zurück mussten wir doch das Fahrrad mit dem Sack drauf schieben und zu Fuß nebenherlaufen, weil der Sack mit dem Futtermehl viel zu schwer war, um damit zu fahren.

Für die Kaninchen mussten wir Löwenzahn pflücken. Wenn die Kaninchen die frischen Blätter bekamen, mümmelten sie kräftig und ihre kleinen

Schnauzen bewegten sich lustig hin und her. Sie guckten uns mit ihren großen Augen an, als wollten sie sich bedanken.

Schließlich kam die Zeit, dass das Schwein fett genug war, um es zu schlachten. Ich habe beim Schlachten nur einmal zugeguckt. Das hat für alle Zeit meine Neugierde gestillt. Jedes Mal, wenn wieder ein Tier geschlachtet werden sollte, habe ich Reißaus genommen, sodass ich das Quieken des Schweins in seinem Todeskampf nicht mehr hören musste.

Meine Mutter machte selbst Wurst. Die Därme wurden gewaschen, um sie für Leberwurst, Blutwurst und Mettwurst zu nutzen. Das Fleisch wurde durch einen Fleischwolf gedreht, dann kamen die Gewürze hinzu. Leider habe ich das Rezept für die Zutaten nicht aufgeschrieben. Die Würste wurden in Wasser gekocht, mit Lorbeerblättern, Salz, Zwiebeln und Pimentkörnern abgeschmeckt, so wurde daraus Brühe. Wir nannten sie ‚Wurstsuppe'.

Manchmal platzte auch eine Wurst. Mittags gab es ‚Pommersche Grützwurst' und Stampfkartoffeln. Zudem durften wir uns an Erbseneintopf mit Pfötchen und Schweineschwanz satt essen. Die kleinen Knochen knabberte ich gerne ab. Wenn das frische Fleisch gebraten wurde, war es häufig so zäh, dass ich es nicht beißen konnte. Das Fleisch musste eigentlich eine Zeit lang abhängen, aber so viel Geduld hatten wir nicht, denn alle freuten sich auf frisches Fleisch und es wurde ein Schlachtfest daraus.

Meine Mutter kochte das andere Fleisch in Gläsern ein, so hatten wir immer Vorrat.

Aber auch sonst gab es bei uns immer kleine Köstlichkeiten zu essen. Wenn es mittags Stampfkartoffeln und Brathering gab, machte meine Mutter dazu süßsaure Soße. Den grünen Hering kaufte sie bei Mierke. Der wurde gebraten und dann in Essigsud eingelegt.

Ein Klecks Stampfkartoffel kam zuerst auf meinen Teller. In die Mitte machte ich eine kleine Kuhle, in die die Soße kam, damit die Kartoffeln nicht ‚schmutzig' wurden.

Inge und Hannelore

Eigenes Haus in Drantum

Ungeheuer

Abends gab es oft Milchsuppe und Brot. Einmal musste ich noch spät zum Bauern und Milch holen. Es war schon dunkel und Straßenlaternen gab es damals noch nicht. Ich lief zu Elke und fragte, ob sie nicht mitkommen wolle, denn ich würde mich allein fürchten.

Sie durfte nicht und so bin ich allein gegangen. Ich musste mich beeilen, denn Mama wartete auf die Milch. Es sollte Milchsuppe mit kleinen Kartoffelklößen zum Abendbrot geben. An diesem Abend war es allerdings sehr windig und auf dem Rückweg kam mir ein Ungeheuer entgegen.

Als ich es entdeckte, blieb ich stehen, das Ungeheuer ebenso. Es nützte mir nichts, mein Herz klopfte laut. So ging ich vorsichtig weiter, auch das Ungeheuer kam langsam auf mich zu. Ich dachte, es würde mich mitsamt meiner Milch fressen. Doch beim nächsten Windstoß brauste es an mir vorbei.

Mit zitternden Knien kam ich zu Hause an. Mama schimpfte mich aus, wo ich denn so lange geblieben wäre. Ich weinte und sagte als Entschuldigung, mir wäre ein Ungeheuer entgegengekommen.

Am nächsten Tag ging meine Mutter mit mir zu der Stelle mit dem Ungeheuer. Sie forderte mich auf: „Nun zeig mir mal die Stelle, wo das Ungeheuer gewesen ist!“

Ich zeigte ihr: „Das kam von dort und ist an mir vorbeigerauscht!“

Wir entdeckten zu meiner Erleichterung einen übergeklappten Regenschirm, den der Wind auf dem Asphalt vor sich her gefegt hatte.

„Siehst du, du dumme Dudde, es gibt kein Ungeheuer, es war doch nur ein Schirm!“ Mama benutzte manchmal solch eigentümliche Wörter.

Wenn es sonntags Hühnersuppe geben sollte, mussten Hannelore und ich ein Huhn schlachten. Ich musste es dann an den Füßen fassen und den Kopf auf einen Holzklotz legen. Hannelore musste mit dem Beil den Kopf abhacken. Ließ ich das Huhn los, flatterte es ohne Kopf davon.

Mit dem Töten war unsere Arbeit noch nicht beendet. Das Huhn musste mit kochendem Wasser abgebrüht und gerupft werden. Zudem lernten wir auch das Huhn auszunehmen. Alle Innereien wurden gesäubert und kamen in die Suppe. Essen mochte ich das Huhn allerdings nicht mehr – und das geht mir heute noch so.

Der erste Kuss

Wenn wieder einmal ein Schwein geschlachtet wurde, haben Luise und ich eine Milchkanne voll Wurstbrühe und ein paar Würste zu Familie Schmidt gebracht. Meine Eltern kannte die Familie aus der alten Heimat, und durch die Flucht sind sich beide Familien nähergekommen. Familie Schmidt hatte drei Söhne, und einer von den dreien gefiel mir, deshalb bin ich auch manchmal mitgegangen, um Wurstbrühe und Wurst hinzubringen. Hin und wieder wurde die Familie auch zu uns zu Feierlichkeiten eingeladen.

Wieder einmal war Silvester und unsere Familien feierten zusammen. Beim Abschied küsste mich der Junge, der mir auch gefiel. Danach lief er jedoch schnell weg. Ich wusste nicht: Sollte ich mich freuen oder mich ekeln?

Ich nannte seine Eltern Onkel Gustav und Tante Schmidt. Später, wenn wir uns sahen, sagte Tante Schmidt immer: „Na, mein Schwiegertöchterchen."

Einmal hat sie mich tatsächlich gefragt, wen von den drei Söhnen ich wohl am liebsten leiden würde. Ich habe immer geantwortet: „Ich kann mich nicht entscheiden." Mir war es peinlich und ich bin bestimmt rot geworden. Ich konnte ihr mein Geheimnis doch nicht verraten.

Da wusste ich es noch nicht: mit meinen späteren Schwiegereltern Mathilde und Gustav Schmidt

Hannover

Ich war oft von zu Hause fort. So wohnte ich eine Zeit lang bei meiner Schwester Marga, ihrem Lebensgefährten Paul, ihrer Tochter Edda und ihrem gemeinsamen Sohn Manfred, der 1948 in Helmstedt geboren worden war. Ihre gemeinsame Tochter Sieglinde wurde 1951 in Hannover geboren. Meine Schwester Luise und ich waren zur der Zeit dort, um Marga zu unterstützen.

Edda und ich gingen in dieser Zeit zusammen in Hannover-Stöcken zur Schule. In der Adventzeit kamen wir immer an einem Geschäft vorbei, das im Fenster einen Adventskalender mit Glitzersteinchen hatte. Jedes Mal, wenn wir dort vorbeikamen, drückte ich meine Nase an der Schaufensterscheibe breit. Oh, der Kalender! Wie gerne hätte ich ihn mein Eigen genannt.

Edda und ich haben auch in den Schränken geschnökert, um eventuell schon Weihnachtsgeschenke für uns zu finden. Wir wurden fündig: Ein ‚Mensch ärgere dich nicht'-Spiel und einen Tuschkasten, das waren unsere Wünsche zu Weihnachten. Jetzt hatten wir ein Geheimnis und waren aufgeregt, ob sich für einen von uns der Wunsch erfüllen würde.

Wenn Edda, Manfred und ich allein in der Wohnung waren, spielten wir häufig. Wir nahmen uns zum Beispiel einen Schemel, stellten ihn verkehrt herum auf und setzten den kleinen Manfred hinein. Wir schoben den Schemel durch die Wohnung, als wäre es eine Eisenbahn. Manfred hat das sehr gefallen, bis der Nachbar von unten an die Zimmerdecke klopfte und sich bei Marga beschwerte. Der Fußboden war aus Holz – darüber hatten wir gar nicht nachgedacht.

Wir haben uns auch Decken genommen und in der Stube damit eine Höhle gebaut. Es machte uns ein riesiges Vergnügen. Edda und ich konnten gut zusammen spielen. Marga ließ uns auch gewähren.

Mein zukünftiger Schwager hatte allerdings kein Verständnis dafür, dass ich so oft krank war und zum Arzt musste. Wenn ich mal wieder das Bett hüten musste und es schneite, machte er das Fenster so weit auf, dass die Schneeflocken auf die Bettdecke tanzten. Er meinte, es müsse gelüftet werden. Ich habe mich tiefer ins Bett verkrochen, weil meine Haut von der Kälte noch mehr schmerzte.

So bekam ich Heimweh und wollte unbedingt nach Hause, denn zu Hause war es doch am schönsten. Also fuhr Marga mit uns Kindern nach Drantum und wir waren pünktlich vor dem Heiligen Abend zu Hause. Vom Weihnachtsmann bekam ich dann einen Tuschkasten und Edda das Spiel. Wir haben nie verraten, dass wir es ahnten.

Tante Elfriede schenkte uns einen Schlitten aus Metall. Er war rot angestrichen. Damit konnte man wunderbar fahren. Manchmal haben uns die Jungen gezogen und den Schlitten absichtlich so geschleudert, das wir runterfielen. Wir haben uns nie wehgetan, es lag ja genug Schnee.

Besuch bei T. Anna

In den Herbstferien 1952 fuhren meine Mutter, mein Bruder Herbert und ich nach Pünderich an die Mosel. Wir wollten Tante Anna und Tante Frieda besuchen. Ihre Männer waren auch endlich aus der Gefangenschaft zurückgekehrt. Tante Anna wohnte bei einer Winzerfamilie, Familie Lenz, in einer kleinen Dachwohnung.

Wir sind von Cochem bis nach Pünderich mit der sogenannten Moselbahn gefahren. Im Zug spielten sie Schunkellieder – Oh, Mosella, du hast ja so viel Wein – und an der Decke des Waggons war der Verlauf der Mosel aufgezeichnet. Der Zug fuhr durch Weinberge und oben auf den Bergen konnten wir Burgruinen sehen.

In Pünderich war bei unserer Ankunft Weinlese und es fand auch ein Weinfest statt. Die Erwachsenen gingen dorthin, doch wir Kinder durften mit. Am Abend gab es ein Feuerwerk. Die Raketen wurden oben vom Berg abgeschossen und die Sterne spiegelten sich in der Mosel. Es sah wunderschön aus, zumal ich so etwas noch nie gesehen hatte. Mein kleiner Bruder Herbert meinte: „Mama morgen gehen wir hin und sammeln alle Sterne auf!"

Einmal gab es ein heftiges Gewitter und Tante Anna kroch schnell unter den Tisch. Sie hatte große

Angst. Meine Mutter lachte sie aus. Das Donnern hallte auch kräftig durch die Berge.

Mama und Herbert fuhren bald wieder nach Hause, ich aber durfte noch eine Weile bei Tante Anna bleiben.

Mit Gisela, Tante Annas jüngerer Tochter, ging ich zur Schule und zum Konfirmandenunterricht. Der Konfirmandenunterricht fand im Nachbarort statt. Wir mussten den Weg durch die Weinberge nehmen, um dorthin zu gelangen. Die Weintrauben hingen so tief, dass wir uns gar nicht anstrengen brauchten, sie zu pflücken. Wir aßen so viele Trauben, bis uns schlecht wurde.

Ab und zu durften wir auch in den Weinkeller von Herrn Lenz und zuschauen, wie der Wein in Flaschen gefüllt wurde. Wir durften uns auch bunte Flaschenetiketten aussuchen, die ich sammelte.

Herr Lenz schenkte uns auch die Bleikappen von den gebrauchten Weinflaschen, die wir dann beim Lumpensammler eintauschten. Von dem Geld durften wir uns Bonbons kaufen. Auch das bunte Bonbonpapier habe ich aufgehoben und gesammelt.

An der Mosel standen viele Wallnussbäume. Wir pflückten uns Wallnüsse und knackten sie auf. Davon bekamen wir ganz braune Finger.

Mit den Kindern aus dem Ort spielten wir Räuber und Gendarm. Man konnte sich in den engen Gassen gut verstecken. Einmal in der Woche ging ein Nachtwächter oder Ankündiger durch die Straßen und verkündete mit einer langen Liste die neusten und wichtigsten Nachrichten für das Dorf. Er fing immer mit den Worten an: „Es wird bekannt gemacht!“ Wir sind hinter ihm hergelaufen und haben uns alle Nachrichten angehört. Hinterher konnten wir Tante Anna die Neuigkeiten berichten.

Eines Tages kam ein Paket für mich von zu Hause. Ich habe mich riesig gefreut und durfte es auch gleich aufmachen. Mama schickte mir ein paar Ohrringe aus Korallen in Herzform und ein Poesiealbum, damit ich ein Andenken von Pünderich mit nach Hause nehmen konnte. Einige Mädchen aus dem Dorf haben mir auch sehr nette Sprüche in das Buch geschrieben und die Seiten mit bunten Glanzbildern beklebt. Leider habe ich die Mädchen nie wiedergesehen.

Ein rot karierter Stoff für ein neues Kleid war auch dabei. Tante Anna sollte mir ein Kleid davon nähen lassen. Das Kleid bekam einen Faltenrock und einen weißen Kragen. Wenn ich mich drehte, sprangen die Falten auseinander. Ich bekam auch Ohrlöcher für die Ohrringe und war mächtig stolz.

Die Ferien gingen zu Ende und Tante Anna brachte mich mit dem Zug nach Hause. Mein Schatzkästchen, ein Schuhkarton mit buntem Bonbonpapier und bunten Steinen, nahm ich in meiner Tasche mit nach Hause und stellte es unters Bett.

Es dauerte nicht lange und ich musste wieder von zu Hause fort, weil mein Asthma schlimmer wurde. Wenn ich eine Weile woanders wohnte, ging es mir besser. Meine Mutter nannte mich immer „Mein kleiner Wandervogel". Meine Schwester Marga holte mich wieder nach Hannover, damit ich bei ihr bis zur Weihnachtszeit bleiben konnte. St. Martin kam immer am 10. November hoch zu Ross. Wir Kinder gingen von Tür zu Tür und sangen ein Lied, dafür bekamen wir dann Süßigkeiten. Und als der Nikolaus Anfang Dezember kam, durften Edda, Manfred und ich uns mit dem Nikolaus sogar fotografieren lassen.

Im Frühjahr bekamen Edda und ich ein neues Kleid aus hellblauem, seidig glänzendem Stoff genäht. Mein Bruder Alfred wollte seine Hedwig im April heiraten und wir Mädchen sollten den Schleier tragen. An unsere dünnen Zöpfe banden wir große hellblaue Schleifen. Ich durfte weiße Kniestrümpfe anziehen, an deren Außenseiten kleine Bommeln hingen. Wir sahen wie Zwillinge aus. Die zwei Jahre Altersunterschied waren nicht auszumachen.

Unsere Aufregung war groß, aber wir waren ja zu zweit. Wir haben auch zusammen getanzt. Wir fassten uns an den Schultern und unsere Beine gingen abwechselnd einmal vor und wieder zurück. Wir sangen dazu: „Schia, schia, scho, Käse gibt es im HO, Schlange stehen wir bis nach Halle und wenn wir dran sind, ist der Käse alle." Die Erwachsenen sangen dieses Lied und wir sangen es einfach nach.

In Kur

Unser Hausarzt, Doktor med. Bruns, kam öfter zu uns. Weil es mir immer schlechter ging, machte er den Vorschlag, mich in Kur zu schicken. Gesagt, getan. Schnell war alles geregelt. Im Oktober 1953 kam ich mit einem Sammeltransport der Eisenbahn von Oldenburg nach Bad Soden-Allendorf. Dort angekommen, wurden wir alle erst einmal gekämmt. Ich bekam einen weißen Umhang um und mir wurden die Haare mit einem kleinen schwarzen Kamm mit engen Zähnen gekämmt. Ich wusste gar nicht, was das sollte. Ein Kind, das mit mir in meinem Zimmer schlief, bekam eine Art Turban auf den Kopf und weinte bitterlich. Es hat fürchterlich gestunken. Später wusste ich: Sie hatte Läuse.

Wir schliefen zu viert in einem Zimmer und sobald einer zu weinen begann, weinten wir anderen mit. Schon war mein Heimweh wieder da.

In den nächsten Tagen wurden wir gebadet. In einem großen Raum standen viele Badewannen aus Holz. Auch ich musste in eine solche Badewanne steigen. Ich jammerte, das Wasser sei viel zu heiß. Ich wusste ja nicht, dass es Solewasser war und an meiner kaputten Haut brannte. Immer wieder sagte ich, das Wasser wäre zu heiß. Eine Schwester kam, überprüfte das Wasser mit ihrem Ellenbogen und sagte: „Es ist nicht zu heiß, nun sei endlich ruhig und rede nicht so einen Unsinn!“

An manchen Tagen unternahmen alle Kinder mit den ‚Tanten‘, so nannten wir die Schwestern, einen Spaziergang im Wald und pflückten dabei Walderdbeeren oder sammelten Bucheckern und aßen diese auf. Die kleinen Walderdbeeren schmeckten zuckersüß.

Von meinem bisschen Geld, das ich mitnehmen durfte, kaufte ich mir ein Mikadospiel. Das hatte ich mir schon immer gewünscht. Eine Freundin habe ich dort damals nicht gefunden, denn wenn ich mit einem Mädchen spielen wollte, mussten immer mehrere Kinder zusammen spielen, ob ich die leiden konnte oder nicht. Mein Heimweh plagte mich schon sehr. Vier Wochen waren eine ganz schön lange Zeit.

Meine Haut an den Armen und Beinen war so kaputt und wund, dass meine Kleidung daran kleben blieb. Es tat auch tüchtig weh und ich kam viel kranker aus der Kur zurück zu meiner Schwester Marga nach Hannover. Mein ganzer Körper war voller Eiterpusteln. Daher ging sie gleich mit mir zum Hautarzt. Der Doktor war entsetzt, als er mich sah, und fragte: „Was haben sie nur mit dir gemacht?“

Bei ihm bekam ich Höhensonne und alle Wunden wurden verbunden. Jedes Mal, wenn ich zum Arzt musste, zog er mit einem Ruck die Binden von der Haut, es tat fürchterlich weh. Ich habe so manche Träne vergossen und auch einige Narben davon zurückbehalten.

Schon bald lernte ich meinen zukünftigen Schwager Klaus kennen. Er war der Neffe von Margas Lebensgefährten und kam aus Potsdam. Auch er musste in Hannover zum Arzt. Eines Tages musste Marga in die Stadt und sagte zu mir: „Wenn gleich der Klaus kommt und in die Wohnung möchte, dann lässt du dir seinen Ausweis zeigen!" Die Haustür hatte ein kleines Fenster, das man öffnen konnte, um zu sehen, wer draußen steht.

Schon bald klingelte es an der Tür. Ich war aufgeregt, öffnete das Fensterchen und sagte: „Bitte, was möchten Sie und wie heißen Sie!"

Von draußen antwortete man: „Ich bin Klaus, bitte lass mich rein, ich wohne hier!"

„Können Sie sich ausweisen?!", war meine vorlaute Antwort.

Ich ließ ihn nicht eher rein, bis er mir seinen Ausweis gezeigt hatte. Später haben wir oft über unsere erste Begegnung gelacht.

Mobbing

Als die evangelisch-lutherische Schule in Emstek fertig war, mussten alle evangelischen Kinder aus den umliegenden Orten dorthin, also auch ich. Die Schule war jedoch fünf Kilometer entfernt und Dr. med. Bruns sagte zu meiner Mutter, es sei viel zu anstrengend und auch gefährlich für mich, auf dem Schulweg die kalte Luft beim Fahrradfahren oder zu Fuß einzuatmen. Ein Bus fuhr noch nicht und weil wir auch kein Auto hatten, musste ich weiter in Drantum zur katholischen Schule gehen. Meine Mutter stellte mich beim Lehrer vor und bat ihn, darauf zu achten, das ich mich nicht zu sehr anstrenge.

Jeden Morgen war in der ersten Schulstunde Religionsunterricht, aber ich durfte daran nicht teilnehmen. Der Lehrer schickte mich nach draußen vor die Tür. Dort stand ich eine Stunde lang in der Kälte. Ich habe es lange zu Hause nicht erzählt, bis ich wieder zu husten anfing. Unter Tränen erzählte ich es endlich, wie es mir erging und dass ich nicht mehr dort zur Schule gehen wollte.

Meine Mutter sprach mit Lehrer Woltermann und erklärte ihm noch einmal ausdrücklich, warum ich seine Schule besuchen musste. Ab dann durfte ich zwar mit in dem Klassenraum bleiben, aber am Unterricht durfte ich nicht teilnehmen. Der Lehrer hatte seinen Schülern nicht erklärt, warum das alles so war. So haben mich die Mitschüler bei jeder Gelegenheit gekniffen, getreten oder an den Haaren gezogen, wenn sie an mir vorbeigingen. Der Lehrer hat es wohl gesehen, aber niemals ist er eingeschritten. Kinder können grausam sein.

Ich habe damals alles geduldig ertragen, denn ich musste und wollte ja zur Schule. Mein Pausenbrot habe ich auf dem Klo gegessen, weil ich Angst hatte, die Mitschüler würden es mir wegnehmen. Am Sportunterricht konnte ich auch nicht teilnehmen. So stand ich abseits und schon flog mir ein Ball an den Kopf. Manchmal kam ich mit verweinten Augen nach Hause. Zwei Jahre können ganz schön lang werden.

Im letzten Schuljahr machten wir einen Ausflug mit dem Bus nach Bremen. Wir gingen in das Überseemuseum. Mama erlaubte mir, dass ich das erste Mal Perlonstrümpfe anziehen durfte. Für die anderen Mädchen aus der Klasse war das natürlich ein Dorn im Auge. Aus Neid versuchten sie, mir die Strümpfe zu zerreißen. Sie schafften es aber nicht, denn ich blieb immer in der Nähe vom Lehrer.

Als endlich der Schulabschluss nahte, war ich darüber mehr als froh.

Konfirmation und Unterwäsche

Im März 1955 wurde ich konfirmiert. Dafür musste ich einmal in der Woche zum Konfirmandenunterricht. Das schaffte ich mit dem Fahrrad.

Meine Mutter hatte sich in der Zwischenzeit von einem fliegenden Händler eine Nähmaschine gekauft. So nähte sie mein Konfirmationskleid und das Prüfungskleid selbst. Mein Prüfungskleid war Hannelores Konfirmationskleid, nur etwas abgeändert.

Für die Anprobe musste ich mich auf einen Stuhl stellen und drehen. Überall im Stoff steckten Stecknadeln, die piekten mich, wenn ich nicht aufrecht stand. Mama sagte zu mir: „Nun dreh dich", damit sie sehen konnte, ob alles so saß, wie sie es gerne hätte. Mein Konfirmationskleid war aus dunkelblauem Stoff mit einem weißen Kragen.

Zur Konfirmation bekam ich Schürzenstoff und ein Alpenveilchen geschenkt. Zur Kirche durfte ich ein Gesangbuch mit einem Spitzentaschentuch mitnehmen.

Unser Pastor, Herr Thorade, war schon ein älterer Herr. Er hatte ein Gebiss und wenn er sprach, biss er immer seine Zähne zusammen, damit sie ihm nicht herausfielen. Oft mussten wir über ihn lachen.

Auch Heinz Schmidt brachte mich zum Lachen. Er ging ebenfalls zum Konfirmandenunterricht und ich hatte nicht vergessen, dass er es war, der mich schon einmal geküsst hatte. Wenn er Quatsch machte, habe ich besonders laut gelacht, damit er mich beachtete. Er gefiel mir ja immer noch und ich wusste nicht, ob er auch noch daran denken würde.

Heimlich habe ich einmal Mamas BH und den Strumpfhaltergürtel anprobiert, ob es wohl schon passt, denn das Leibchen mochte ich nicht mehr anziehen. Mein Busen musste noch etwas warten, aber der Gürtel saß perfekt. Also wollte ich jetzt auch einen haben und Perlonstrümpfe tragen. Mama war davon nicht erbaut. Ich sollte weiterhin warme Unterwäsche tragen, die blauen gefütterten Schlüpfer mit Gummizug an den Beinen und ebenso den Unterrock. Die Strümpfe waren nun schon aus Baumwollgarn. Sie ermahnte mich: „Denk daran, du wirst dann wieder krank!“ Es war mir egal, gesund war ich eh nicht. Aber aller Protest nutzte mir nichts.

Die Perlonstrümpfe hatten eine Naht, die das Bein schön machte. Nur musste man sie vorsichtig anziehen, sonst bekam man Laufmaschen. Es gab ein Geschäft in Emstek, da konnte man seinen kaputten Strumpf hinbringen, dort wurden die Laufmaschen wieder aufgenommen.

In Stellung

Hannelore hatte in Ahlhorn bei einer englischen Familie als Hausmädchen gearbeitet und konnte schon gut Englisch sprechen. Eines Tages nahm sie mich mit ins Kino. Man spielte den Film ‚Der Zarewitsch'. Ich durfte noch nicht ins Kino, weil ich noch nicht alt genug war. Hannelore gab mir ihren Ausweis, den sie von den Engländern bekommen hatte, und so haben wir es einfach versucht. Die Soldaten haben nichts bemerkt.

Ich war nun in einem Alter, um arbeiten gehen zu können, und ich wollte mir gern ein bisschen Geld verdienen. Hannelore war inzwischen als Hausmädchen in Hannover in Stellung bei einer englischen Familie und sorgte dafür, dass ich auch eine Stelle in einem Haushalt bekam.

So durfte ich nach Hannover-Misburg in einen Haushalt zu einer Familie mit drei Kindern. Ich habe es leider nicht so angetroffen, wie ich es mir gedacht hatte. Ich musste mit dem Jüngsten der Familie in einem Zimmer schlafen, ihm immer die Flasche geben. Wenn er nachts weinte, musste ich jedes Mal aufstehen. An meinem 16. Geburtstag musste ich Rasen mähen. Als ich damit fertig war, durfte ich noch den Fußboden bohnern. Erst wurde Bohnerwachs verteilt, um dann mit einem Bohnerklotz den Fußboden blank zu bohnern. Es war für mich viel zu schwer.

Als in Misburg Kirmes war und das Lied ‚Heimweh' von Freddy Quinn gespielt wurde, rannen mir die Tränen übers Gesicht und ich schluchzte fürchterlich. „Brennend heißer Wüstensand. Fern, so fern mein Heimatland ..."

Sie nannten mich auch eine Diebin, weil ich von ihrer Wäsche ein Taschentuch benutzte. Wenn ich Hunger hatte, durfte ich mir aus der Speisekammer kalte Pellkartoffeln nehmen. So hielt ich es nicht lange bei der Familie aus. Ich ging zu Hannelore und erzählte ihr alles. Sie sorgte dafür, dass ich zu einer anderen englischen Familie kam. Dort musste ich jedoch die Wäsche waschen. Weil davon meine Haut fürchterlich aufriss, konnte ich in der Familie auch nur 14 Tage bleiben.

Somit hatte meine Idee des Geldverdienens schon bald ein Ende. Meine Eltern kamen zu Marga und holten mich wieder nach Hause, mein Vater hatte jetzt nämlich ein Auto.

Meine Eltern hörten von einem Wunderheiler in Lastrup, der könne eventuell meine kaputte Haut heilen. So sind wir oft morgens in aller Frühe aufgebrochen, um nach Lastrup zu fahren. Man musste lange warten, bis man aufgerufen wurde. Als ich jedoch eines Tages merkte, dass die anderen Patienten genau die gleiche Medizin wie ich nehmen sollten, war es für mich vorbei. Ich bat meine Eltern, nie mehr mit mir dorthin zu fahren. Sie hatten sehr viel Geld für mich bezahlt und das wollte ich nicht mehr.

Gummifabrik und Dauerwellen

Meine Schwester Luise war mit ihrem Mann in die Nähe von Mannheim gezogen, weil er das Klima in Drantum nicht vertragen konnte. Auch er hatte Asthma.

Sie bekamen dort eine kleine Wohnung und richteten sich ein.

Schon bald zog ich zu ihnen und nahm eine Arbeit in einer Gummifabrik auf. Es wurden Staubsaugerschläuche hergestellt. Endlich verdiente ich mein eigenes Geld. Ich brauchte von meinem Geld nichts abgeben und kaufte mir bei einem Versandhaus ein grünes Fahrrad mit Dreigangschaltung. Darauf war ich mächtig stolz.

Eines Tages fuhr ich mit dem Rad zum Frisör und ließ mir meine erste Dauerwelle machen. Ich war ganz aufgeregt! ‚Was sagt meine Schwester wohl, wenn sie mich sieht?', dachte ich. Vor lauter Aufregung ging ich zu Fuß nach Hause und vergaß mein Fahrrad beim Frisör. Ich war unendlich stolz auf meine neue Frisur und nutzte jede Gelegenheit, in Fenster zu schauen, in denen ich mich spiegeln konnte.

Am Montag wollte ich mit dem Rad zur Arbeit fahren, doch mein Rad stand nicht im Keller, wo ich es sonst abstellte. Sofort und ohne nachzudenken beschuldigte ich den Hauswirt, den Keller nicht richtig abgeschlossen zu haben. Er war seiner Sache aber sicher, abgeschlossen zu haben. Mein nächster Gang war daher zur Polizeistation, um Anzeige zu erstatten. Mir kam absolut nicht in den Sinn, wo ich das Rad abgestellt haben könnte.

Nach vier Wochen kam ein Polizist zu uns und fragte mit lächelndem Gesicht, ob ich vielleicht in der letzten Zeit beim Frisör gewesen wäre. Beim Stichwort ‚Frisör' sind mir alle meine Sünden eingefallen und ich habe mich mit hochrotem Kopf beim Hauswirt sofort entschuldigt. Gott sei Dank war er mir nicht böse.

Meine Schwester Luise arbeitete im Büro der Gummifabrik. Zu Weihnachten bekam sie Urlaub und so fuhren wir mit der Bahn nach Hause. Ich hatte mir extra einen neuen Wintermantel gekauft mit einem kleinen Stehkragen aus Pelzimitation und dazu passende Lederhandschuhe. Von meiner Schwester Luise bekam ich zu Weihnachten einen Regenschirm geschenkt. Alle drängten am Heiligen Abend darauf, ich sollte doch endlich den Schirm aufspannen. Ich wusste gar nicht warum, aber dann habe ich mich riesig gefreut, denn sie hatte im Schirm einen Ring für mich versteckt. Der Goldring hatte zwei Zirkonia und in der Mitte einen Amethyst. Mein erster Ring! Er passte genau.

Nach Weihnachten war der Abschiedsschmerz wie immer groß. Jeder fuhr mit seiner Familie wieder nach Hause. Ich fuhr wieder mit nach Ilvesheim. Dort feierten wir mit Freunden Silvester.

Auch Karneval habe ich kennengelernt. Wir haben uns verkleidet und fünf Tage nicht gearbeitet, dafür ausgiebig gefeiert.

Post aus fernem Land

Eines Tages flatterte ein Brief mit rotblauem Rand mit meiner Adresse aus Afrika ins Haus. Er hatte seinen Weg von Afrika über Hamburg nach Drantum, dann nach Ilvesheim genommen.

Die Eltern von Heinz waren von Drantum nach Hamburg gezogen. Ihre Söhne sollten dort einen Beruf erlernen. Heinz war nun Schmelzschweißer und sein Chef sorgte dafür, dass er auf einem Schiff anheuern konnte. Sein Traum war es, auf große Fahrt zu gehen. Seine erste Fahrt ging auf einem Tanker bis nach Kanada. Die nächste Reise bis zum Persischen Golf. Mit dem Frachter fuhr er dann mehrere Jahre bis nach Westafrika. Auf so einer langen Reise kam wohl Langeweile auf, und er erinnerte sich an das junge Mädchen Inge Wilke. So schrieb er mir, dass er zur See führe und seine Reisen drei bis vier Monate dauern würden.

Es würde nicht mehr lange dauern, bis er wieder in Hamburg wäre und ein paar Tage Landurlaub hätte. Gerne würden seine Eltern und er uns in Drantum besuchen.

Er wusste ja nicht, dass ich mittlerweile in Ilvesheim weilte. Heinz bat mich, ihm doch zu antworten.

Ich weiß nicht mehr genau, was ich in diesem Moment gefühlt habe. Die ganze Zeit hatte ich nicht mehr an ihn gedacht ... und nun das. Meine Schwester Luise sagte: „Natürlich schreibst du ihm!"

‚Na, gut', dachte ich, setzte mich und wollte ihm schreiben – aber mir fiel gar nichts ein! Ich konnte ihm schlecht verbieten, uns in Drantum zu besuchen. Gleichzeitig war ich auch viel zu neugierig: ‚Wie er jetzt wohl aussieht? Ob er mir noch so gefällt wie damals?'

Mein Brief war nur kurz. Ich schrieb, dass ich mich freuen würde, ihn zu sehen. Aber meine Zeilen erreichten ihn nicht rechtzeitig, denn ich musste den Brief erst nach Hamburg senden und von dort schickte Tante Schmidt den Brief an die Reederei, die den Brief dann weiterleitete.

Meine Arbeit in der Fabrik musste ich bald wieder aufgeben. Der Staub reizte meine Haut so sehr, dass sie wieder aufriss und ich sechs Wochen in Heidelberg im Krankenhaus war.

Danach wollte ich unbedingt nach Hause und meine Eltern holten mich mit dem Auto ab.

Das Wiedersehen

Ich war froh, wieder zu Hause zu sein. Meine Mutter nähte für mich zum Trost ein neues Kleid aus buntem Bordürenstoff mit einem großen weißen Kragen. Darunter kam ein Petticoat.

Meine Schwester Elli war mit ihrer Familie zwischenzeitlich in die USA ausgewandert. Sie schickte uns regelmäßig Pakete und da war auch dieser wunderbare Stoff für mein Kleid drin. Auch war in dem Paket eine Dose mit Maiskörnern. Meine Schwester schrieb dazu, man müsse den Mais in einen Topf geben und ihn erwärmen. Gesagt, getan, die ganze Familie saß in der Küche und wartete gespannt, was wohl passiert.

Auf einmal flogen die Körner aus dem Topf und landeten auf dem Fußboden. Wir waren sehr erschrocken, denn wir wussten ja nicht, dass es Popcorn war und dass man es essen konnte.

Nun kam der Tag der großen Spannung. Im Radio spielten sie das Lied ‚Am Tag, als der Regen kam', gesungen von Lys Assia. Es war Pfingstsamstag und ... es regnete nicht. Vielmehr klopfte es an unserer Haustür und Familie Schmidt trat ein.

Ich öffnete, nicht wissend, wer kam, die Stubentür, weil ich in der Nähe saß. Mit einem Mal stand eine große Männergestalt in der Tür. Vor Schreck schlug ich die Stubentür gleich wieder zu. So hatte ich Heinz nicht in Erinnerung. Er war mittlerweile ein erwachsener Mann, hatte die Welt schon bereist und andere Mädchen kennengelernt. Was wollte er nur von mir? Ich sah doch aus wie ein Streuselkuchen, denn meine Haut war immer noch sehr zerstört.

Meine Mutter fragte: „Wer ist denn da?“ Ich machte die Tür ganz weit auf und die komplette Familie Schmidt trat ein.

Die Begrüßung von Heinz und mir verlief etwas schüchtern. Ich wusste nicht, wie ich mich benehmen sollte. Ab und zu schaute ich ihn verstohlen an, und wenn er es bemerkte, lächelte er mir zu. Am nächsten Tag erzählte er mir von seinen Reisen. Ich hörte gespannt und fasziniert zu. Er wollte aber auch wissen, wie es mir ginge und was ich so mache. Doch es gab ja nicht viel von mir zu erzählen, ich sagte nur: „Du siehst es ja!“ Er meinte, meine kaputte Haut würde ihn nicht stören, denn ich könne schließlich nichts dafür.

Die Familie Schmidt blieb nur ein paar Tage, Heinz musste wieder an Bord, um seine nächste Reise anzutreten. Beim Abschied nahm er mich in dem Arm und fragte: „Sehen wir uns wieder und schreibst du mir?“

Ich konnte nicht antworten und nickte bloß mit dem Kopf. Er strahlte übers Gesicht und freute sich, dass ich zugestimmt hatte.

Fortan wartete ich immer gespannt, wenn unsere Postbotin Anni T. mit der Post kam, ob wohl ein Brief für mich dabei wäre.

Erst im November des Jahres kehrte Heinz von seiner Reise zurück.

Großstadt und Gartenlaube

Tante Schmidt schrieb mir und lud mich ein, sie in Hamburg zu besuchen, noch bevor Heinz nach Hause käme. Ich freute mich sehr, auch wenn ich noch niemals in so einer großen Stadt gewesen war. Auch traute ich mich nicht, allein mit der Bahn nach Hamburg zu fahren. Doch meine Mutter ermunterte mich und meinte: „Das schafft du schon!"

Also ließ ich mich überreden, denn Tante Schmidt würde mich ja am Hauptbahnhof in Hamburg abholen.

So geschah es auch. Mutter Schmidt holte mich ab und machte gleich einen Einkaufsbummel mit mir. Wir gingen zuerst zu Karstadt in die Mönckebergstraße. Meine Augen wussten nicht, wo sie zuerst hingucken sollten. So ein großes Kaufhaus mit so vielen Etagen! Sogar eine Rolltreppe war da. Ich hatte zuerst Angst, mich darauf zu stellen. Aber ich wollte mich auch nicht blamieren und machte es Tante Schmidt einfach nach.

Nach einer Weile fuhren wir dann mit der Straßenbahn nach Wilhelmsburg. Von der Straßenbahnhaltestelle musste man noch ein Stück zu Fuß bis zur Wohnung gehen. Es war ein schöner, warmer Sommertag im August und mir fiel das lange

Gehen ein bisschen schwer, aber ich mochte auch nichts sagen. Sie wohnten in einer Kleingartenkolonie namens ‚Unsere Scholle' in einem bescheidenen Gartenhäuschen mit zwei kleinen Zimmern. Die beiden Brüder von Heinz wohnten noch zu Hause und mein erster Gedanke war: „Und wo schlafe ich?"

Ein Zimmer war ausgestattet mit einem Tisch, einer Doppelbettcouch und einem kleinen Kleiderschrank. Unter dem Fenster stand eine schmale Liege. Im anderen Zimmer waren nur ein Bett und ein Kleiderschrank. Die kleine Küche hatte einen Kohlenherd, einen kleinen Küchenschrank und einen Küchentisch, da ließen sich die Schüsseln unter die Platte drehen.

Abends, wenn ich schlafen gehen wollte, habe ich mich immer im Dunkeln ausgezogen. Und morgens habe ich gewartet, bis die Männer zur Arbeit waren. Ich schämte mich, mich vor ihnen auszuziehen.

So war ich am Tag mit Tante Schmidt allein und wir sind oft nach Wilhelmsburg gegangen, um Lebensmittel zu kaufen. Wenn Harald, der jüngere Bruder von Heinz, von der Arbeit kam und mich sah, rief er schon von Weitem: „Hallo Wauwie!"... so nannte er mich immer. Alle Leute drehten sich nach mir um, ich bekam einen roten Kopf, aber ihn störte das nicht.

Als auf dem Heiligengeistfeld der Dom, die Hamburger Kirmes, war, sind wir alle hingegangen. Tante Schmidt kaufte Lose und ergatterte den Hauptgewinn. Sie gewann eine große Puppe, die sie mir schenkte. Die Puppe habe ich heute noch.

Bevor wir zu Hause ankamen, sind wir in einer Kneipe eingekehrt und ich habe das erste Mal in meinem Leben ein Alsterwasser getrunken.

Langsam gewöhnten wir uns alle aneinander. Wir spielten zusammen Skat oder manchmal auch Schach. So verging die Zeit und bald kam Heinz von großer Fahrt wieder. Ich freute mich schon sehr auf ein Wiedersehen. Doch sein Urlaub dauerte nicht lange. Nach drei bis vier Tagen war die Fracht gelöscht und neue aufgenommen. In der Zwischenzeit hat Heinz mir aber sein Schiff gezeigt. Ich kletterte mit ihm in den Maschinenraum, das war sein Arbeitsplatz. Später fuhren wir ganz stolz mit dem Taxi durch Hamburg und ich fühlte mich wie eine Königin. Heinz verdiente gutes Geld.

Er kaufte mir beim Juwelier einen Ring. Er meinte, ich möge mir doch noch ein Armband aussuchen, aber ich traute mich nicht.

Als er wieder fortmusste, habe ich mich ein bisschen verloren gefühlt und habe geweint. Ich hatte mich wirklich in ihn verliebt und wir schworen uns, treu zu bleiben.

Weihnachten zu Hause

Wieder nahte die Weihnachtszeit und ich sehnte mich nach zu Hause, denn nirgendwo war es schöner als dort. Bei Schmidts in dem kleinen Häuschen fehlten einfach die Gemütlichkeit und die Stimmung von zu Hause.

Es war der Vormittag am Heiligen Abend. Ich saß am Tisch und war mit meinen Gedanken zu Hause. ‚Wie wohl unser Tannenbaum in diesem Jahr aussieht? Mama hat bestimmt wieder für alle ein Geschenk und meine ganzen Geschwister sind da, nur ich werde nicht dabei sein. Sicherlich werden sie alle am Abend wieder Weihnachtslieder singen, wie wir es immer getan haben."

Mein Heimweh konnte ich nicht mehr unterdrücken. Ich fing zu weinen an. Tante Schmidt sagte nur: „Was ist denn jetzt los?" Sie kannte meine Gefühle nicht, aber sie ahnte wohl, was in mir vorging. Sie fragte nur: „Möchtest du nach Hause?" Als Antwort konnte ich nur nicken. Harald erklärte sich bereit, mit mir zu fahren, damit ich nicht allein reisen musste.

Mit der Bahn machten wir uns auf den Weg nach Drantum. Wir kamen noch bis Oldenburg. Die große Bahnhofshalle dort war fast menschenleer, nur ein einsamer Leierkastenmann spielte auf seinem

Leierkasten Weihnachtslieder. Wir kamen uns ein bisschen verlassen vor. Ein paar Fahrgäste liefen noch zu ihren Zügen. Unser Zug, der nach Ahlhorn fahren sollte, war schon längst abgefahren. Einen späteren Zug gab es nicht mehr. Also mussten wir sehen, dass wir noch ein Taxi erwischten, das uns nach Drantum bringen würde. Wir hatten Glück und kamen endlich zu Hause an. Zu meiner Freude waren alle noch da, alle meine Geschwister mit ihren Kindern. Alle freuten sich, mich zu sehen. Leider haben wir nicht mehr gesungen, was mich ein wenig enttäuschte. Nichtsdestotrotz war ich glücklich, zu Weihnachten bei meiner Familie zu sein.

Nach Weihnachten fuhr Harald wieder zurück nach Hamburg. Ich blieb daheim in Drantum.

Verlobung

Silvester 1959/60 feierten wir alle bei Tabeling in der kleinen Gaststube. Dort gab es schon eine Musikbox. Man steckte ein 50-Pfennigstück hinein und konnte sich seine Musik aussuchen. Dazu haben wir dann getanzt und das nicht nur an Silvester. Es ging zumeist bis zum frühen Morgen.

Wenn mein Asthma besonders schlimm wurde, musste ich das Bett hüten. Einmal kam für Dr. Bruns eine Vertretung. Ich saß im Bett und schnappte nach Luft. Der Arzt ging immer im Zimmer auf und ab, rieb sich seine Hände und murmelte bloß: „Gebe ich ihr eine halbe oder eine ganze Spritze? Will sie heute noch weggehen?“ Ich dachte nur, warum hilft er mir nicht! Wo sollte ich seiner Meinung nach denn noch hingehen?

Heinz war wieder auf großer Fahrt und im Frühjahr kam er nach Drantum, um uns zu besuchen. Er lud mich ins Kino nach Emstek ein und wir schauten einen lustigen Film an – ‚Jolanthe‘. Weil Heinz immer nur kurze Zeit an Land sein konnte, bin ich mit ihm wieder nach Hamburg gefahren, damit wir noch ein paar Tage länger zusammen verbringen konnten. Auch seine Eltern wollten ja noch etwas von ihm haben.

Seine nächste Reise dauerte wieder einige Monate, wir schrieben uns allerdings so oft es nur ging. Eines Tages erhielt ich einen Brief von ihm, in dem stand: „Im November, wenn ich wieder in Hamburg bin, habe ich für dich eine Überraschung."

Er brachte mir immer Geschenke von seinen Reisen mit. Zum Beispiel ein tolles Teeservice mit einem Geisha-Kopf im Tassenboden.

Nun war ich sehr gespannt, was seine nächste Überraschung sein würde.

Heiratsantrag

Endlich, im Dezember 1960, war Heinz wieder da und wir lagen uns lange in den Armen. Mit einem Mal kniete er vor mir nieder und fragte mich: „Willst du meine Frau werden?" Ich jubelte vor Glück: „Ja, ja, ja, ich will!" Am 1. Dezember 1960 haben wir uns dann offiziell verlobt. Jetzt war ich eine Seemannsbraut.

Unsere Eheringe hat Heinz beim Juwelier in Emstek allein gekauft. Ich musste derweil mal wieder das Bett hüten. Er steckte mir den Ring an meinen Finger und küsste mich ganz lange und sagte: „Jetzt gehörst du zu mir, meine kleine Schulterpuppe!"

Mein Ring war mir doch etwas zu groß. So nahm ich einen Wollfaden und umwickelte den Ring so, dass er stramm genug saß. Alle feierten und waren lustig, nur ich lag im Bett. Heinz jedoch tröstete mich und sagte: „Du kommst mit nach Hamburg, dann geht es dir wieder besser."

Im Januar 1961 fuhren wir wieder nach Hamburg und Heinz musste schon bald wieder an Bord. Ich war sehr traurig. Heinz versuchte mich zu trösten und sagte: „Weine nicht, ich komme ja wieder und am Jahresende heiraten wir."

Ich bat Heinz: „Versprich mir aber, dass du dann bei mir an Land bleibst. Ich möchte nicht nur immer Abschied nehmen." Er versprach es mir und bat mich, schon einmal alles für die Hochzeit vorzubereiten. So musste man unter anderem sechs Wochen vorher die Heirat beim Standesamt anmelden.

Doch wir beide hatten die Rechnung ohne seine Eltern gemacht. Sie gaben uns nicht die Genehmigung. Da Heinz noch nicht 21 Jahre alt und somit nicht volljährig war, durften wir ohne das schriftliche Einverständnis der Eltern nicht heiraten.

Meine Eltern hingegen hatten nichts gegen eine Heirat, obwohl auch ich noch nicht volljährig war. Wir waren sehr enttäuscht über das Verhalten seiner Eltern. Ich konnte Tante Schmidt auch nicht verstehen, denn sie war früher immer diejenige gewesen, die uns schon früh füreinander bestimmt hatte. Doch bald sollte ich etwas erfahren, das mir die Verweigerung erklärbar machte.

Heinz hatte seiner Mutter sein Sparbuch anvertraut, damit sie das Geld, das er monatlich schickte, darauf einzahlen konnte. Jeden Monat schickte er 300,00 DM nach Hause, damit er genug Geld für seine Heirat und die Zukunft haben würde. Fünf Jahre lang war Heinz nun schon zur See gefahren, es musste also, so dachte er, einiges an Erspartem vorhanden sein.

Eines Tages bat Heinz seine Mutter, ihm das Sparbuch zu geben. Sie bügelte gerade Hemden. Auf seine Bitte hin ließ sie das Bügeleisen einfach stehen, ging zum Schrank, holte das Sparbuch heraus und schmiss es Heinz wütend mit den Worten vor die Füße: „Da hast du dein Sparbuch!"

Dann die böse Überraschung für Heinz: Das Konto war leer! Seine Mutter hatte das Geld einfach mit verbraucht, vermutlich um ihre Schwester in Ostdeutschland zu unterstützen. Heinz war bitter enttäuscht von seiner Mutter. Wie hatte sie das nur ohne seine Einwilligung tun können?

Ohne ein weiteres Wort zu verlieren, nahm er mich an die Hand und wir gingen nach draußen. Um uns abzulenken, fuhren wir mit einem Taxi in die Stadt und gingen ins Kino.

Heinz hat seine Mutter nie gefragt, wofür genau sie das Geld gebraucht hat. Sie hat ihm auch nie erzählt, warum sie sein Geld genommen hat. Mein zukünftiger Schwiegervater und auch die beiden Söhne, die zu Hause wohnten, verdienten mit ihrer Arbeit eigentlich genug Geld, dass sie ihren Lebensunterhalt bestreiten konnten. Sie mussten auch keine Miete für das Gartenhäuschen bezahlen, was ja eine Erklärung gewesen wäre.

Vor seiner nächsten Reise gab Heinz mir sein Sparbuch und bat mich, es für ihn zu verwalten. Er würde weiter Geld auf sein Konto überweisen. Sollte ich Geld brauchen, könnte ich mir davon nehmen. Ich bekam von ihm die Vollmacht für das Konto.

Am ersten November hatte Tante Schmidt Geburtstag. Ich konnte noch nicht Mutti oder Mama zu ihr sagen, denn auch ich war von ihrem Verhalten sehr enttäuscht.

Heinz' ältester Bruder heiratete am 3. November seine Christa. Es war eine kleine, aber feine Hochzeitsfeier. Auch diese Heirat konnte Tante Schmidt nicht ertragen. Sie hatte sich so aufgeregt, dass sie einen Asthmaanfall bekam und ins Krankenhaus musste. Ich glaube, sie konnte es nicht ertragen, dass ihre Jungens erwachsen waren und ihr eigenes Leben führen wollten.

Nun führte ich den Haushalt für uns drei und konnte mein Wissen, das ich von zu Hause gelernt hatte, unter Beweis stellen. Onkel Gustav war mit allem zufrieden, Hauptsache ich blieb da.

Flutkatastrophe

Februar 1962. Meine zukünftige Schwiegermutter lag schon das zweite Mal im Krankenhaus. Auch die Frau meines Schwagers Gerhard lag im Krankenhaus, sie war schwanger. Deshalb wohnte Gerhard bei uns in Wilhelmsburg.

Es war Freitag, der 16. Februar, und mein Schwager, mein zukünftiger Schwiegervater und ich spielten nach dem Abendessen bis spät in die Nacht zusammen Skat. Irgendwann gingen wir alle zu Bett, aber ich konnte noch nicht einschlafen. Ich war in Gedanken bei Heinz. ‚Wo er jetzt wohl ist und was er wohl macht?', dachte ich sehnsüchtig. Die Nacht war sehr stürmisch und durch das kleine Fenster, unter dem meine Couch stand, pfiff der Wind und machte eigenartige Geräusche. Es knackte überall, denn die Holzwände waren nicht besonders stabil. Auf einmal hörte ich durch das Rauschen des Win des die Polizeiansage: „Achtung, Achtung, hier spricht die Polizei. Bitte verlassen sie sofort ihre Kleingartenkolonie. Es besteht die Gefahr einer schweren Sturmflut! Achtung, Achtung, hier spricht die Polizei ..."

Sofort war ich hellwach und weckte meinen zukünftigen Schwager und den Schwiegervater. Sie hatten die Durchsage der Polizei nicht vernommen.

Sie sahen mich beim Wecken verwirrt an und meinten: „Du hast wohl geträumt!“ Ich aber blieb bei meiner Aussage. Ich hatte die Polizei schließlich deutlich gehört und sagte nur: „Ihr müsst es wissen. Wenn ihr nicht wollt, ich gehe auf jeden Fall raus!“

Wir sollten uns, so die Aufforderung der Polizei, in einer Schule einfinden, die für die Bewohner der Gartenkolonie zur Verfügung gestellt wurde. Onkel Gustav glaubte mir nun und wollte mich begleiten. Also zogen wir uns an und gingen los.

Der Wind hatte bereits Orkanstärke und es pustete so stark, dass ich mich richtig anstrengen musste, um ein paar Schritte voranzukommen. Die Männer gingen noch an einen Nebenarm der Elbe, um zu schauen, wie hoch wohl das Wasser stehen würde. Es war noch nicht sehr hoch, aber ich ermahnte sie, schneller zu gehen, denn ringsumher standen Bäume, die knarrten, und auch Äste fielen schon herunter und zerbarsten auf dem Boden.

Wir kamen rechtzeitig und trockenen Fußes bei der Schule an. Es dauerte keine 15 Minuten, da rauschte das Wasser in großen Wellen an unserem Häuserblock vorbei. Das Wasser riss die großen Fußwegplatten hoch und sie wurden die Straße entlanggeschoben. Ein Feuerwehrauto, das in die Straße eingebogen war, stand im Nu unter Wasser. Der Fahrer konnte sich mit letzter Kraft retten. Die

Straßenlaternen brannten wenig später auch nicht mehr. Das Wasser schob alles übereinander, was ihm im Wege stand.

Weil in der großen Aula der Schule die Stühle nicht reichten, war Stroh ausgestreut worden, damit wir nicht auf dem nackten Fußboden sitzen mussten. Es waren schon viele Menschen dort, manche hatten sogar ihre Tiere mitgebracht.

Man brachte Kinder, die weinend nach ihrer Mutter riefen, und hochschwangere Frauen. Auch ältere Leute trafen ein, die es noch geschafft hatten, zur Schule zu kommen. Keiner hatte damit gerechnet, dass je so etwas passieren würde

Erst am nächsten Morgen konnten wir das ganze Ausmaß der Katstrophe sehen. Harald und ich sind in die oberste Etage der Schule gegangen, von dort aus konnte man aus dem Fenster sehen, wie hoch das Wasser nun stand. Er hatte genauso Angst wie ich und sagte: „Wauwie, wenn wir untergehen, gehen wir gemeinsam unter!“ Wir ahnten noch nicht, dass die Deiche gebrochen waren.

Bundeswehrboote fuhren hin und her und transportierten Menschen, die leicht bekleidet waren, oder auch die, für die jede Hilfe zu spät kam. Hubschrauber flogen über Hamburg und brachten Menschen in Sicherheit, die sich im letzten Moment auf Dächer gerettet hatten.

Man brachte auch immer noch Menschen zur Schule, die nur mit einem Nachthemd bekleidet waren, aber wenigstens in Decken gehüllt. Die Nacht war eisig kalt, es hatte sogar gefroren. Auf dem Wasser hatte sich am Morgen eine leichte Eisschicht gebildet. Mittlerweile konnte man auch keine Toiletten mehr benutzen. Sie waren völlig verstopft, da das Wasser in die Kanalisation eingedrungen war und herausdrückte. Auch der Strom war ausgefallen. Alles war ein einziger Albtraum.

Später erfuhren wir, dass von Heinz' Verwandten der Cousin, die Cousine und ihre 11 Jahre alte Tochter in den Fluten ertrunken waren. Nur der erwachsene Sohn hatte sich durch ein Fenster retten können. Sie hatten in einem Gartenhaus unmittelbar an der Stelle gewohnt, an der der Deich gebrochen war.

Heinz' älterer Bruder Gerhard hatte keine Ruhe und wollte nachsehen, wie es in der Kleingartenkolonie aussah. So stapfte er durch das kalte Wasser und kam erst am Abend völlig erschöpft zurück. Er war vorher noch im Krankenhaus bei seiner Frau und bei der Mutter gewesen, um ihnen zu sagen, dass wir gerettet waren.

In der Zwischenzeit hatte das Rote Kreuz etwas an Essen geliefert. Heiße Hühnersuppe – welch ein Genuss!

Ich hatte für Gerhard ein paar Decken organisiert und er schlief vor Erschöpfung sofort ein. Wir hatten unsere Suppe schon gegessen, aber Gerhard noch nicht. So ging ich und holte für ihn Suppe und flößte sie ihm im Halbschlaf ein. Am anderen Morgen wusste er nichts mehr davon.

Die Rettung

Mein Asthma hatte sich durch Winde, Wasser und Kälte so verschlechtert, dass ich ärztliche Hilfe brauchte.

Es war Sonntag und es bestand die Möglichkeit, mit einem Bundeswehrfahrzeug nach Harburg gebracht zu werden, denn dort in der Schule war eine Krankenstation eingerichtet worden. Wer medizinisch versorgt wurde musste, sollte dorthin gebracht werden.

Ich wollte unbedingt hin und so stiegen wir alle, Schwiegervater, Schwager und ich, auf einen großen Lkw der Bundeswehr, der uns nach Harburg brachte. Die großen Räder mahlten durchs Wasser. Nach einer Weile kamen wir bei der Schule an. Es waren viele Menschen und auch viele Tiere dort. Aber Gott sei Dank konnte ich meine notwendige Medizin bekommen.

Wir wurden darüber informiert, dass wir kostenlos telefonieren könnten. Die Telefonzellen stünden dafür bereit. So habe ich mich in einer langen Warteschlange eingereiht.

Hannelore und Klaus lebten in Hannover, besaßen schon ein Telefon und, zu meinem Glück, auch ein Auto. Klaus brauchte es beruflich. Endlich war ich an der Reihe. Ich wählte die Nummer und Hannelore meldete sich. Als sie meine Stimme hörte und von unserer Situation erfuhr, begann sie gleich zu weinen und ich konnte auch nicht mehr sprechen. Klaus nahm ihr dann den Hörer aus der Hand und fragte immer wieder: „Wo bist du?“ Endlich konnte ich ihm unter Schluchzen sagen, dass ich in Harburg am Marktplatz wäre.

„Bleib dort“, sagte Klaus, „ich komme sofort und hole dich ab.“

Nur über Umwege schaffte er es, nach Hamburg zu kommen, denn viele Straßen waren gesperrt. Es grenzte schon an ein Wunder, dass Klaus mich bei diesem großen Durcheinander und so vielen Menschen überhaupt fand.

Als Klaus mich abholte, sagte mein zukünftiger Schwiegervater unter Tränen zu mir: „Nun willst du mich auch noch verlassen!“ Er konnte schlecht hören und schlecht sehen und seine Frau lag ja noch im Krankenhaus. Er tat mir zwar leid, aber ich wollte und musste unbedingt aus diesem Chaos raus. Also sagte ich nichts, nahm ihn stumm in den Arm und stieg dann in das Auto ein.

In Hannover angekommen, lagen Hannelore und ich uns weinend in den Armen. Von ihr hörte ich dann, dass sich meine Eltern mit meinem Bruder Horst und seiner Frau Julia ebenfalls auf den Weg gemacht hatten, um mich in Hamburg zu suchen.

Auch sie kamen über viele Umwege nach Hamburg und mussten sich durchfragen, bis sie schließlich beim Hauptmeldeamt ankamen. Hier konnten sie sich erkundigen, ob ich noch lebe. Die Beamten konnten mich aber auf keiner Liste finden und sagten zu meiner Familie: „Gehen Sie in das nächste Zimmer, da liegen die Totenlisten aus."

Bei diesen Worten ist meine Mutter zusammengebrochen.

Horst ging dann vor und hat die Listen durchsucht, aber eine Inge Wilke konnte er auch bei den Toten nicht finden. Keiner wusste, dass ich nicht in Hamburg gemeldet war, weil ich doch nur zu Besuch wohnte. Also war ich in keiner Liste erfasst.

Horst rief später bei Hannelore an und sie rief immer wieder in den Hörer: „Wir haben sie, wir haben sie!"

Erleichtert kamen schließlich alle nach Hannover. Ich lag schon im Bett und schlief, aber als ich sie kommen hörte, stand ich schnell auf und lief ihnen weinend entgegen. Glücklich schlossen meine Eltern mich in ihre Arme

Nun musste Heinz noch informiert werden, dass wir alle unbeschadet davongekommen waren. Am nächsten Tag hat Klaus bei Norddeich-Radio angerufen und gebeten, sie mögen über Funk dem Schiff

(MS Atlantik), auf dem Heinz war, melden, dass wir alle gerettet waren.

Jedes Mal, wenn heute von der Flutkatastrophe in den Medien berichtet wird, ist die Erinnerung plötzlich wieder da. Ich habe so manches Mal davon geträumt und werde es mein ganzes Leben lang nicht vergessen.

Das Brautkleid

Heinz schrieb mir, dass er überglücklich sei, dass mir nichts passiert wäre. Es wäre jetzt seine letzte Fahrt, denn er wollte, wenn er wieder in Hamburg wäre, abmustern. Er wollte wieder an Land arbeiten und bei mir bleiben. Mein Herz hüpfte vor Glück bei dieser Aussage.

Weiter schrieb er, ich möge doch jetzt alles für eine Hochzeit in die Wege leiten, sodass wir im Mai heiraten könnten. Mein Brautkleid sollte ich von seinem Geld kaufen. „Das Sparbuch", schrieb er, „hast du ja."

Ja, das Sparbuch hatte ich Gott sei Dank vor den Fluten in Hamburg gerettet, aber nicht die Vollmacht. Ich versuchte, in Hannover bei einer Zweigstelle der Bank Geld abzuheben. Aber leider gaben sie mir nichts.

So musste ich nach Hamburg. Hannelore begleitete mich mit der Bahn. Vom Hauptbahnhof aus mussten wir mit der Straßenbahn nach Wilhelmsburg fahren. Wir stiegen in den ersten Wagen ein und entdeckten Heinz' Bruder. Er sah uns nicht. Bei der nächsten Station stieg auch noch Heinz' Vater ein. Auch er sah uns nicht. Darüber war ich sehr erleichtert, denn ich wollte nicht zu meinen zukünftigen Schwiegereltern gehen. Beide Männer stiegen eine Station früher aus und so konnten wir beruhigt zur Bank in Wilhelmsburg weiterfahren.

Ich bekam ohne Schwierigkeiten so viel Geld, wie ich wollte: Erleichtert fuhren wir wieder nach Hannover zurück. Auf der Rückfahrt dachte ich nur noch daran, mir endlich mein Brautkleid zu kaufen.

Weil ich keine Ruhe ließ, fuhr Hannelore gleich am nächsten Tag mit mir in die Stadt. Im Kaufhaus Maggis habe ich dann endlich mein Brautkleid gefunden und gekauft. Die Brautschuhe, weiße hochhackige Pumps, hatte ich schon lange ausgesucht, sie waren im Schaufenster eines Schuhgeschäfts in Stöcken ausgestellt. Damit wirkte ich doch etwas größer, ich war ja Heinz seine kleine Schulterpuppe.

Nun musste ich nur noch nach Hause, um in Emstek beim Standesamt unser Aufgebot zu bestellen. Ich suchte den 12. Mai für uns aus. Heinz war mit allem einverstanden.

Hochzeit

Endlich kam Heinz von seiner letzten Fahrt zurück nach Hamburg. Er machte sich sofort auf den Weg nach Drantum. Jetzt musste nur noch er zur Hochzeit eingekleidet werden. Er weigerte sich jedoch, einen schwarzen Anzug anzuziehen. Er hatte einen blauen Anzug mitgebracht, doch meine älteste Schwester und meine Mutter protestierten: „Du heiratest auf keinen Fall im blauen Anzug!" Er sollte auch weiße Handschuhe und einen Zylinder tragen.

Jetzt war alles aus! Das wollte Heinz schon gar nicht. „Wie sehe ich aus!", schimpfte er. Was sollte ich sagen? Ließ er womöglich deswegen die ganze Hochzeit platzen? Er sah mich an und sah mein trauriges Gesicht.

Schließlich ließ er sich beruhigen und alles über sich ergehen. Wir fuhren nach Cloppenburg und konnten zu Mamas Zufriedenheit alles für die Hochzeit bekommen. Ich kaufte mir für die standesamtliche Trauung ein feuerrotes Kostüm. Weiße Handschuhe hatte ich schon, damit man meine kaputte Haut an den Händen nicht gleich sah.

Ich wollte gerne einen Kranz vor unserer Haustür haben. Mein Vater und Heinz holten aus dem Wald Tannenreisig, und meine Mutter und ich haben daraus den Kranz gebunden. Schleifen aus weißem und rotem Seidenpapier kamen auch noch an den Kranz. Als alles fertig war, hat Heinz den Kranz mit meiner Hilfe angebracht.

Nun kam der Tag, meine Aufregung wurde immer größer. Der 12. Mai war ein Samstag. Am Vormittag fuhren mein Vater und Heinz‘ Vater mit uns nach Emstek zum Standesamt. Der Standesbeamte erzählte uns einiges über die Ehe und ein harmonisches gemeinsames Leben.

Beide Väter waren unsere Trauzeugen. Nach dem Jawort schrieb ich mit zitternder Hand meinen neuen Nachnamen. Ich hatte vorher schon etwas geübt, um auch zu sehen, wie es wirkt.

Am Nachmittag war die kirchliche Trauung. Mein Brautkleid hing in der Wohnung von Alfred und Hedwig, die oben im Haus wohnten. Meine Schwester Luise war mir beim Anziehen behilflich. Sie ließ es sich nicht nehmen, mir den Schleier ins Haar zu stecken. Ich musste mich einmal drehen, ob auch alles richtig sitzt. Sie war mit meinem Bild zufrieden und strahlte mich an. Ich glaube, sie war in Gedanken bei ihrer damaligen eigenen Hochzeit.

Es wurde Zeit. Ich musste nur noch die Treppe hinuntergehen und mich der Gesellschaft zeigen. Alle Gäste warteten schon ungeduldig im Flur und waren gespannt, wie ich wohl aussehen würde. Es ist ja auch zu schön, eine Braut zu sehen. Für einen Moment blieb ich oben auf dem kleinen Flur stehen. Als meine Schwiegermutter mich sah, fing sie ganz laut zu weinen an, als wäre jemand gestorben. Ich dachte mir: ‚Jetzt nicht auch noch weinen.'

Heinz stürmte die Treppe herauf und trug mich auf seinen Armen nach unten.

In einem kleinen Konvoi fuhren wir nach Emstek zur Kirche. Wir hatten uns so viel Mühe gegeben, die Autos zu schmücken, aber leider fing es zu regnen an. Als wir in Emstek angekommen waren, hingen die Schleifen schlaff herunter.

Pastor Becker wartete schon auf uns. Er nahm uns am Eingang der Kirche in Empfang und führte uns zum Altar, wo für uns zwei Stühle bereitgestellt waren. Wir nahmen Platz und es wurde eine feierliche Trauung. Ein paar Tränen rannen mir nach dem „Ja, ich will" doch über meine Wangen. Heinz drückte meine Hand ganz fest und ich hielt seine auch fest.

Als alles überstanden war, ermahnte uns Pastor Becker noch: „Denkt daran, morgen ist Herberts Konfirmation!" Wir sollten den Termin nicht verschlafen.

Zu Hause hatten wir vor den kirchlichen Feierlichkeiten bereits die gute Stube ausgeräumt und dort mehrere Tische aufgestellt, damit alle Gäste zum Essen Platz hatten.

Luise hatte für uns gekocht und auch gebacken. Wir haben uns alles gut munden lassen und ausgiebig gefeiert. Die Musik kam vom Plattenspieler. Heinz und ich versuchten, nach der Plattenmusik zu tanzen. Heinz musste das Tanzen allerdings noch ein bisschen lernen. Mal stand ich auf seinen Füßen, mal er auf meinen.

Am späten Abend nahm mein Bruder Alfred Heinz beiseite und drohte mit dem Finger. „Das eine sage ich dir, machst du meine Schwester nicht glücklich, dann bekommst du es mit mir zu tun!" Heinz war ganz verdattert, er stotterte bloß: „Natürlich mache ich deine Schwester glücklich." Was hätte er in dieser Situation auch anderes sagen sollen?

Eigene Wohnung

Die Hochzeitsfeier und die Konfirmation von Herbert waren vorüber. Alle Gäste fuhren wieder nach Hause. Wir halfen, alles wieder aufzuräumen, damit Mama nicht allein die ganze Arbeit hatte. Nach ein paar Tagen fuhren wir dann nach Hamburg, denn Heinz‘ ehemaliger Chef hatte ihm angeboten, wieder bei ihm zu arbeiten.

Meine Schwiegereltern hatten von der Stadt Hamburg nach der Flut eine Notwohnung zugewiesen bekommen. Sie war für drei Personen gedacht. Heinz‘ Mutter hatte jedoch vergessen, Heinz als vierte Person mit anzugeben.

Im ersten Moment waren wir ärgerlich: Wo sollten wir bleiben? Aber das Vergessen erwies sich als unser Glück, denn so bekamen wir eine eigene kleine Einzimmerwohnung mit Bad und eingebauter Küche. Jetzt fehlten uns nur noch ein paar Möbel. Die Stadt Hamburg war großzügig. Ich erhielt 700,00 DM als Flutgeschädigte. Von dem Geld kauften wir uns ein Schlafzimmer und stellten es im Wohnzimmer auf. Meine Eltern kamen uns besuchen, doch wir konnten ihnen keinen Stuhl anbieten, denn wir hatten keinen. Mein Vater sagte: „So geht das doch nicht!“ Er ging zum Möbelgeschäft, das nicht weit von unserer Wohnung entfernt war, und kam mit zwei Küchenstühlen wieder.

Die Stühle taten sehr lange ihren Dienst.

Heinz arbeitete nun als Schmelzschweißer auf einer Werft in Hamburg. Er musste immer über eine Stunde mit der Straßenbahn zur Arbeit fahren. Also hieß es früh aufstehen. Sehr oft haben wir verschlafen. Wir kauften uns zwei Wecker und stellten sie an verschiedenen Stellen auf. Auch das half manchmal nichts.

Abends wartete ich immer schon sehnsüchtig auf meinen Mann, denn ich kannte in dem Haus niemand und ein Telefon hatten wir nicht, sodass ich zu Hause hätte anrufen können. So bekam ich wieder Heimweh. Heinz' Eltern wohnten am anderen Ende von Hamburg. Wenn ich sie mal besuchte, war ich mit der Straßenbahn zwei Stunden unterwegs. Heinz holte mich dann nach Feierabend ab und wir fuhren gemeinsam zurück.

In guter Hoffnung

Wir hatten nicht viel, aber wir hatten uns und so waren wir glücklich und zufrieden.

Vier Monate nach unserer Hochzeit war ich guter Hoffnung. Ich ging heimlich zum Arzt und der konnte meinen Verdacht bestätigen. Voller Freude und mit einem Lächeln ging ich nach Hause. Unterwegs malte ich mir schon aus, wie ich es Heinz sagen würde. Doch an diesem Tag blieb Heinz besonders lange bei der Arbeit. Ich stand am Fenster und sah die Straße erwartungsvoll hoch, bis er um die Ecke bog. Endlich!

Doch plötzlich verließ mich meine Freude. Ich war mir nicht mehr sicher, dass Heinz positiv auf diese Nachricht reagieren würde. Völlig verunsichert und aufgelöst stand ich vor ihm und er fragte: „Ist etwas passiert?“ Ich schluchzte, konnte nur mit dem Kopf nicken und hielt ihn fest.

Ich nahm allen Mut zusammen und sagte: „Du wirst Papa!“ Er hob er mich hoch, wirbelte mich durch die Luft und rief immer wieder: „Hurra, ich werde Papa!“ Meine Angst war völlig umsonst gewesen.

Als ich im fünften Monat schwanger war, musste ich ins Krankenhaus. Man brachte mich auf die Wöchnerinnenstation. Es war ein Saal mit 12 Betten. Eines Morgens brachte eine Schwester die Babys auf einem Servierwagen zu ihren Müttern. Es ging wie am Fließband: Jede Frau bekam ein Kind. Auch ich bekam ein kleines weißes Bündel in den Arm gedrückt. Die Schwester war so beschäftigt, dass sie gar nicht hörte, als ich ihr sagte: „Aber ich habe doch noch kein Kind!"

Es fühlte sich aber zugegebenermaßen gut an, so ein kleines Wesen in seinen Armen zu halten. Doch da kam eine andere Schwester und nahm mir das Baby wieder weg.

Nach ein paar Tagen ging es mir wieder gut und ich konnte die Klinik verlassen. Ich wurde immer runder und konnte mich bald nicht mehr bücken. Mama kam zu uns, um bis zur Geburt bei mir zu bleiben.

Bald kam der Tag, an dem sich unser Kind anmeldete. Heinz und ich fuhren mit dem Taxi nach Harburg ins Krankenhaus, dort war ich schon vorgemerkt. Der Taxifahrer raste durch die Stadt, er hatte Angst, ich würde das Baby in seinem Auto auf die Welt bringen. Aber unser Sohn ließ noch etliche Stunden auf sich warten.

Am 31. Mai 1963 morgens um 5.54 Uhr erblickte er endlich das Licht der Welt. Unser Stammhalter. Eine Woche später durften wir beide wieder nach Hause. Ich bat Heinz, mein rotes Kostüm mitzubringen, ich wollte doch schick aussehen nach so langer Zeit. Aber leider passte es noch nicht. Es half nichts, ich musste doch wieder den Umstandsrock anziehen.

Und weiter geht das Leben

Nun waren wir stolze Eltern und eine kleine Familie. Im Jahr 1966 wurde ich erneut schwanger. Doch meine Schwester Luise erkrankte an Brustkrebs und starb mit 45 Jahren. Durch diese Aufregung verlor ich mein Baby im zweiten Schwangerschaftsmonat, es wäre ein kleines Mädchen geworden.

Wegen meines Asthmas rieten mir die Ärzte von weiteren Schwangerschaften ab. So blieb unser Sohn ein Einzelkind. Er wuchs und gedieh. Ich blieb zu Hause und erzog unseren Sohn allein.

Wir hatten in der Zwischenzeit auch schon ein Auto und Telefon. So konnten wir des Öfteren nach Drantum fahren, und wenn es nur sonntags zum Kaffee war. Mama gab uns oft Eier und Kartoffeln mit, damit wir die Woche über zu essen hatten.

Eines Tages erfuhren wir, dass in Ahlhorn Baugrundstücke angeboten wurden. Hannelore fragte uns, ob wir nicht Lust hätten, wieder in die Nähe der Familie zu ziehen. Hannelore war zwischenzeitlich mit Klaus verheiratet und die beiden waren mit ihren zwei Kindern auch zurückgekehrt.

Zunächst zogen wir kurz vor Weihnachten 1970 in die kleine Dachwohnung in meinem Elternhaus in Drantum. Heinz fand hier gleich gute Arbeit und ich begann 1973 auf dem Fliegerhorst als Büro- und Schreibkraft zu arbeiten. Unser Sohn war jetzt alt genug, um auch zeitweilig allein klarzukommen, und wenn er von der Schule kam, waren ja meine Eltern im Haus.

1973 begannen wir mit dem Hausbau in Ahlhorn und zogen in der Adventszeit 1974 endlich in unser eigenes Haus. Im August 1974 war mein Vater gestorben, deshalb zog meine Mutter schweren Herzens in die Einliegerwohnung unseres Hauses. Unser Elternhaus in Drantum wurde verkauft. Es fiel uns nicht leicht, von dem geliebten Haus, das Freud und Leid gesehen hatte, Abschied zu nehmen. Ich wollte aber nicht in Drantum wohnen bleiben, denn die Wände des dortigen Hauses erinnerten mich an meine kranken Tage.

1980 verstarb mein Bruder Horst mit nur 46 Jahre. Nun hatte meine Mutter schon drei von 10 Kindern verloren. Wie stark muss ein Mensch sein, um solche Schicksalsschläge zu ertragen?

Weihnachten kamen nun alle meine Geschwister mit ihren Kindern zu uns, denn hier lebte ja unsere Mutter. Manchmal kamen einige schon am Heiligen Abend. Dann saßen wir wieder alle zusammen und sangen Weihnachtslieder. Es war Mamas ganzer Stolz, dass wir Kinder alle so zusammenhielten.

Obwohl unsere Mutter 1990 gestorben ist, halten wir es immer noch so, dass zu Weihnachten meine Geschwister mit ihren Familien zu uns kommen und wir gemeinsam Weihnachten feiern.

Mit 70 Jahren hegte ich dann den Wunsch, alles, was ich im Leben an Wichtigkeiten erlebt hatte, aufzuschreiben. So fing ich an und so nach und nach kamen die Erinnerungen wieder, bis dieses Buch entstanden ist.

Ich denke, der eine oder andere, der diese Zeilen liest, wird sich darin wiederfinden.

Die Mutter sprach:

Die Mutter sprach von Pommern,
ich kannte es ja kaum;
es einmal zu sehen,
das war mein großer Traum.
Nun bin ich sechzig Jahre,
steh endlich hier am Strand,
und in Gedanken bin ich
bei Mutter an der Hand.
Sie führt mich so sicher,
ist es Wahrheit oder Traum?
Ich stehe hier in Pommern,
und fasse es doch kaum.
Schlendere entlang der Straßen,
bei der Kirche bleib ich steh'n,
denk so an meine Mutter,
ich weiß, sie kann mich sehn!
Geliebtes schönes Pommern,
mein Herz, es schlägt für dich,
hab endlich dich gesehen,
doch fröhlich bin ich nicht.
Es bleibt so eine Sehnsucht,
ganz tief im Herzen drin,
ich hoffe, ihr könnt es verstehen,
dass ich jetzt traurig bin!

Zur Orientierung die Lebensdaten der im Buch vorkommenden Personen

Die Eltern

Hermann Wilke	* 30. November 1896
	† 10. August 1974
Luzie Wilke geb. Mitzlaff	
	* 17. März 1902
	† 08. Mai 1990
	∞ 17. Mai 1920

Die Geschwister

Luise	* 08. April 1921
Marga	* 11. November 1922
Hermann	* 22. Juni 1925
Elli	* 13. November 1926
Alfred	* 21. Mai 1931
Horst	* 10. Januar 1934
Hans	* 18. April 1935
Hannelore	* 22. Mai 1938
Inge	* 03. September 1941
Herbert	* 21. Mai 1948

Luise Hoppe geb. Wilke	† 06. März 1966
Horst Wilke	† 30. Juli 1980
Marga Göllner geb. Wilke	† 23. Juli 2007
Elli Todtenhaupt geb. Wilke	
	† 03. September 2000
Hermann Wilke	vermisst